Екатерина **Вильмонт**

Издательская группа АСТ представляет
книги Екатерины Вильмонт:

- Путешествие оптимистки, или Все бабы дуры.
- Полоса везения, или Все мужики козлы.
- Три полуграции, или Немного о любви в конце тысячелетия.
- Хочу бабу на роликах!
- Плевать на все с гигантской секвойи. Умер-шмумер.
- Нашла себе блондина!
- Проверим на вшивость господина адвоката.
- Перевозбуждение примитивной личности.
- Курица в полете.
- Здравствуй, груздь!
- Гормон счастья и прочие глупости.
- Бред сивого кобеля.
- Зеленые холмы Калифорнии. Кино и немцы!
- Два зайца, три сосны.
- Фиг с ним, с мавром! Зюзюка, или Как важно быть рыжей.
- Крутая дамочка, или Нежнее, чем польская панна.
- Подсолнухи зимой (Крутая дамочка-2)
- Зюзюка и другие (Сб.: Зюзюка, или Как важно быть рыжей; Зеленые холмы Калифорнии; Кино и немцы!)
- Цыц!
- Девственная селедка.
- Мимолетности, или Подумаешь бином Ньютона!
- Артистка, блин!

Екатерина **Вильмонт**

Артистка, блин!

АСТ • Астрель • Полиграфиздат
МОСКВА

УДК 821.161.1
ББК 84 (2Рос=Рус)6
В46

Подписано в печать 30.08.11 г.
Формат 70х90/ 32. Усл. печ. л. 11,7.
С.: (ПС). Тираж 25 000 экз. Заказ № СБ 3935М.
С.: (Совр. женщ). Тираж 40 000 экз. Заказ № СБ 3934М.

Вильмонт, Е.Н.

В46 Артистка, блин! / Екатерина Вильмонт. – М.: Астрель: АСТ: Полиграфиздат, 2011. – 316, [4] с.

ISBN 978-5-17-075226-3 (АСТ) (ПС: Вильмонт)
ISBN 978-5-271-36954-4 (Астрель)
ISBN 978-5-4215-3257-6 (Полиграфиздат)
Оформление обложки дизайн-студия «*Дикобраз*»

ISBN 978-5-17-075227-0 (АСТ) (Совр. женщ.)
ISBN 978-5-271-36955-1 (Астрель)
ISBN 978-5-4215-3256-9 (Полиграфиздат)
Оформление обложки дизайн-студия «*Графит*»

Она с детства мечтала стать актрисой, но ничего не получалось, и она круто изменила свою жизнь. Но неожиданная встреча в Альпах стала поистине улыбкой Фортуны. Роли в кино и в театре, успех и, главное, большая любовь. Но разве так бывает?

УДК 821.161.1
ББК 84 (2Рос=Рус)6

...И слова страшного «люблю»
Не повторяйте ей.

А. Дельвиг «Элегия»

УЛЫБКИ ФОРТУНЫ

Что может быть уютнее заснеженного альпийского городка? Остатки рождественского убранства придают всему особую волнующую прелесть, многочисленные кафешки и бары так и манят зайти, согреться чашкой вкуснейшего кофе или стаканом глинтвейна.

— Какая ты умница, Надька, что вытащила меня сюда! — признался вдруг Семен Романович жене.

— Что это с тобой, Сенечка? До сих пор ты только ворчал.

— Да ничего, просто я вдруг понял, что уже отдохнул. Отоспался, отъелся, да и вообще... привел в порядок душу и мысли. Все-таки как хорошо иметь жену, которая знает тебя лучше, чем ты сам!

— Что верно, то верно.

— Сколько нам еще тут осталось?

— Три дня. А что, уезжать неохота?

— Неохота! — тяжело вздохнул Семен Романович. — Может, поменяем билеты и останемся еще на недельку?

— Нет, Сеня, ты через три дня взвоешь!

— Не взвою! Здесь так чудесно...

— Не смеши меня! И, главное, слушайся, тогда все будет отлично!

— Да, кажется, ты, как всегда, права, — засмеялся он. — Ну, какие на сегодня планы?

— Какие планы? Пойдем гулять, заглянем в магазинчики, пообедаем.

— Надюш, а давай пообедаем там же, где вчера.

— Давай, сама хотела тебе предложить. Там так готовят седло косули! Пальчики оближешь.

— Я тебя обожаю!

— Ты обожаешь седло косули!

— Спорить не стану, но тебя я обожаю куда сильнее.

Он обнял жену.

Они бродили по улицам, накупили какой-то дребедени, выпили кофе, потом опять бродили, а потом вдруг решили вспомнить детство — пошли кататься на санках с горы. Восторгу обоих не было предела, и Семен Романович, словно чеховский герой, каждый раз шептал жене на ухо:

— Я люблю вас, Наденька!

Надежда Михайловна была очень довольна.

— А я не помню, как звали ту девушку! — со смехом сказала она, когда они влезли в подъемник.

— Я тоже точно не помню, но, кажется, все-таки именно Наденька! — засмеялся муж.

После пятого спуска Надежда Михайловна решительно сказала:

— Все, хватит! Хорошенького понемножку!

— Согласен, но завтра опять сюда придем, дураки, три дня потеряли! Надо наверстывать! Все, идем обедать, я голоден как волк!

— Хорошо, только зайдем переодеться, у меня снег в сапоги набился и брюки мокрые.

— Описалась со страху?

— Еще чего! — засмеялась она. И подумала: надо его почаще куда-нибудь вытаскивать, за три дня в этом альпийском раю он стал похож на себя прежнего, молодого.

Через час они входили в тот же ресторан, где обедали вчера.

— Я хочу пива! — заявила вдруг Надежда Михайловна.

— Вот так новость! Ты же не любишь?

— С меня Татьяна взяла слово, что я попробую темное пиво.

— Прекрасно! Наконец-то и я выпью пива.

— А ты чего воздерживался?

— Так я тоже не большой любитель.

Пиво им подали очень быстро.

— Ох, как вкусно! — простонала Надежда Михайловна, отхлебнув пива. — Мягкое, бархатное просто.

— Да, недурно... Ой, ты глянь, что на улице творится!

За окнами валил снег.

— Ничего себе! — ахнула Надежда Михайловна. — А нас тут не завалит?

— Ерунда, выгребут! — как-то радостно засмеялся Семен Романович.

В этот момент дверь открылась и вбежала женщина с мальчиком лет семи. Они смеялись, отряхивая друг с друга снег. К ним поспешил молоденький кельнер. Они весело заговорили по-немецки, видимо, женщину здесь знали. Кельнер помог ей и мальчику раздеться. Они прошли к дальнему столику.

Семен Романович сидел спиной к ним.

— Надь, ты чего?

— Погоди! — отмахнулась от мужа Надежда Михайловна.

— Да что ты там увидела? — он оглянулся. — Ты что, знаешь эту бабенку?

— Нет. Я ее не знаю. Но вот если бы найти актрису с таким лицом... Это был бы идеальный вариант. Просто вылитая наша Марта!

— Ну, милая... Так повезло только однажды Басову, когда он нашел юного Янковского в гостиничном ресторане.

— Да понимаю... Но, главное, я точно знаю теперь, что нам надо искать!

— Я хочу тоже посмотреть. Давай поменяемся местами.

— Давай!

Семен Романович долго смотрел на незнакомую женщину. Вьющиеся каштановые волосы, нежное, чуть скуластое лицо, слегка раскосые глаза, чувственный рот...

— Она, в сущности, некрасивая.

— Она лучше, чем красивая. У нее лицо, от которого глаз не оторвать. В ней есть загадка. И для Марты это лучше, чем красота. Красивых, в конце концов, полно.

— Пожалуй, ты права. В ней действительно что-то есть. И она грустная...

— Это же прекрасно! Образ будет неоднозначным. Кто наша Марта? Суперагент. И некоторая грусть очень даже пригодится...

— Все это очень мило, но не можем же мы снимать немецкую домохозяйку.

— Разумеется, нет, но по крайней мере, понятно, что нам следует искать.

В этот момент откуда-то появился огромный ярко-рыжий кот. Он с важностью оглядел зал и довольно решительно направился к дверям.

— Боже, какой красавец! — воскликнула Надежда Михайловна. — Кис-кис-кис!

Кот не обратил на нее ни малейшего внимания.

Мальчик, сын незнакомки, бросился к коту, чтобы открыть ему дверь.

— Никита! — крикнула женщина. — Не надо, там же метет!

Семен Романович ахнул.

— Она русская. Надя!

— Ну и что? Она же не актриса!

— А я не уверен. У нее поставленный голос!

— Ерунда, ты не мог определить это по одной фразе.

Семен Романович был бледен, и у него дергалось веко. Явный признак сильного воодушевления.

— Надя, ты сейчас же подойдешь к ней и спросишь.

— С ума сошел, почему я?

— Потому что я мужчина, она может не так понять! Надя, я тебя умоляю!

— Что ж по-твоему, я должна подойти и спросить: «Девочка, хочешь сниматься в кино?» Сеня, это бред! — Она была уже не рада, что обратила внимание мужа на эту женщину.

— Надюша, ну ты же все можешь...

— Ох, Сенька, ты несносный тип!

— Надя, ну ты же знаешь, я сам все только испорчу...

— Черт с тобой!

Надежда Михайловна поднялась из-за столика и направилась к незнакомке, вполне готовая к тому, что ее грубо отошьют. Та удивленно посмотрела на подошедшую женщину.

— Простите, ради бога, — смущенно улыбаясь, начала Надежда Михайловна.

— Вам нужна помощь, что-то перевести? — обворожительно улыбнулась женщина.

— Нет-нет, спасибо... Дело совсем в другом, вы только не сочтите меня за сумасшедшую...

— Да вы присядьте.

— Спасибо. Позвольте представиться, Надежда Михайловна Земнухова, я киносценарист.

— А я Варвара, ну, здесь меня зовут Барбарой. Варвара Шеффнер. Так чем я могу вам помочь, Надежда Михайловна?

— Знаете, я хочу спросить, как говорится, для очистки совести, муж настоял, он у меня кинорежиссер...

Варвара побледнела.

— А я так хотела быть актрисой... но моя актерская жизнь как-то с самого начала не задалась... Я вышла замуж, уехала в Германию, родила сына... Ну и вот...

— Вы где-то учились?

— В ЛГИТМиКе.

— Варя, так не бывает! — радостно засмеялась Надежда Михайловна. — А вы не хотели бы попробоваться на роль...

— На роль? Господи! Вы за этим подошли? — дрожащим от волнения голосом спросила Варя. И судорожно отпила воды из стакана.

Тут к столику подбежал Никита.

— Мама! Там...

— Ники, пойди поиграй еще с котом, у меня важный разговор.

Мальчик неприязненно посмотрел на Надежду Михайловну, но послушно отошел.

— О, вам как раз принесли горячее, — заметила Варя. — Может быть...

— Варя, берите тарелку и пойдемте к нашему столу. Муж только что говорил мне, что так повезло режиссеру только однажды, когда Басов нашел Янковского... Но, кажется, так все-таки бывает...

— А это удобно? — робко спросила Варя.

Она то, что нам нужно, убежденно подумала Надежда Михайловна.

— Сеня, ты будешь смеяться, но Варя окончила ЛГИТМиК.

— С ума сойти можно! — вскочил Семен Романович, целуя руку смущенной Варе. — Садитесь, дорогая, садитесь! Рассказывайте, где вы играете?

— Нигде... У меня не сложилось, я живу здесь... Работаю по другой специальности...

— Но вы хотели бы?

— Больше всего на свете! — вырвалось у Вари. — В детстве мечтала, что в один прекрасный день мне кто-нибудь скажет: «Девочка, хочешь сниматься в кино?».

— А вы сможете приехать в Москву? Для начала хоть на два-три дня? Придется делать пробы, ведь вас никто не знает, я имею в виду продюсеров... Их еще надо будет убеждать... Да и вообще... Я не хочу вас напрасно обнадеживать.

— Да, я все понимаю. Я ведь могу вам и не подойти. Знаете, меня жизнь научила переживать всякие разочарования, так что я не умру, если не сложится...

Ты мне уже подошла, думал про себя Семен Романович. Он опытным взглядом увидел все, что ему нужно, и не сомневался, что она справится. Такая вот уверенность в своем выборе не часто у него возникала, но ни разу еще он не ошибся, если она посещала его.

— Вы в отличной форме, я смотрю, сколько вам лет, простите за столь невежливый вопрос.

— Тридцать.

— Превосходно!

— Мама, мама! — подбежал Никита. — Мама, пошли, снег уже перестал!

Варя знала, Никита просто ревнует ее к незнакомым людям. Ей хотелось прикрикнуть на него, но Надежда Михайловна все поняла.

— Варенька, может, вы вечерком придете к нам в гостиницу и мы поговорим более предметно? Мы остановились в «Трех львах».

Варя с благодарностью взглянула на нее.

— Да-да, я обязательно приду.

— Вам есть с кем оставить мальчика?

— Да, с мамой. Спасибо, спасибо вам! Я обязательно приду!

— Варь, что случилось? — спросила мать.

— Ах нет, ничего... Просто такая метель была...

— Варь, я что, по-твоему, слепая? Ты кого-то встретила? Или Эммерих звонил?

— Нет, мамочка. Не звонил. Просто...

— Мама там каких-то русских встретила, к ним за столик подсела, а меня отослала с Манфредом играть.

— Никита, ты доносчик! Ябеда, а это стыдно! — заметила бабушка. — Мужчина так поступать не должен! Иди к себе и подумай!

— Так я же не в полицию донес...

— Еще не хватало! Ступай к себе, — голос бабушки звучал непреклонно.

— Ладно. Мам, ты извини, я больше не буду!

И, не дожидаясь прощения матери, он убежал на второй этаж.

— Ну, что это за люди были?

— Мамочка, случилось чудо! Там был Шилевич!

— Какой Шилевич?

— Режиссер! Он снял «Плач иволги» и «Тусклую жизнь»!

— Не шедевры, но хорошее крепкое кино! И что, ты хочешь сказать, что он тобой заинтересовался? Приударил?

— Даже не думал! Но он позвал меня в Москву на пробы!

— Варя, детка, ну это ж чепуха! Он просто хочет с тобой переспать!

— Мама, ко мне подошла его жена, она сценаристка... Ничего такого! Они сказали, что, увидев меня, сразу поняли, какой типаж им нужен для главной героини...

— Ты хочешь поехать?

— Мамочка!

— А если ничего не получится?

— Пусть! Все равно я поеду, это мой, наверное, последний шанс!

Мать внимательно посмотрела на нее.

— Ладно, поезжай! Я думала, ты уже покончила с этим...

— Я тоже думала, но, мамочка, это же судьба! Я вовсе не собиралась заходить в ресторан, просто вдруг повалил такой снег, мы с Никиткой уже шли домой, а тут... Снег ведь мог повалить на пять минут позже, и мы зашли бы в другое место... А так все совпало... И я чувствую, что смогу, еще смогу, а уж года через два... Ничего бы не вышло... И еще мне снился сегодня Петербург... Колокола звонили и Нева... Это мне всегда к чему-то важному и хорошему снится...

— С ума спятить можно. А что за роль-то?

— Пока ничего не знаю. Я вечером пойду к ним в «Три льва», они все расскажут.

— Ну-ну, сходи, чем черт не шутит! Только, надеюсь, ты не собираешься совсем уезжать в Россию?

— Зачем? Да и куда?

— Ну, у тебя же есть в Москве квартирка.

— Она сдана.

— Но ведь не навечно. Ты только имей в виду — я возвращаться не буду и Никитку не пущу! Ни под каким видом! Если что, поедешь одна, помни это!

— Я все знаю, мамочка, но если подворачивается такой шанс, я не имею права его упустить!

Гостиница «Три льва» в темноте выглядела прелестно. А уж после сегодняшнего снегопада в особенности. Она стояла немного на отшибе, и теплый свет окон так и манил к себе. Варя остановилась, как в детстве, сгребла немного снегу и съела. Снег в Альпах был чистый и, как показалось Варе, необыкновенно вкусный. Вот если Шилевичи будут ждать меня в холле, все получится, загадала она и с замиранием сердца толкнула дверь.

Шилевичи сидели в креслах возле елки. Семен Романович сразу поднялся ей навстречу.

— Варвара, душевно рад! Молодчина, пунктуальность — бесценное качество для актера.

— Я не люблю опаздывать.

— О, значит, с вами хорошо крутить роман! — засмеялась Надежда Михайловна.

— Предлагаю пойти в ресторан и продолжить разговор за хорошим ужином! Мне так нравится здешняя жратва!

Варя промолчала, но в душе обрадовалась. Разговор за ужином будет более непринужденным.

— Итак, Варвара, вы наверняка умираете от любопытства, что же за роль я вам предлагаю!

— Не то слово! — широко улыбнулась Варя.

О, какая улыбка! — подумал Семен Романович. Чутье меня не подвело.

— Варюша, я предлагаю вам очень выигрышную и эффектную роль. Это будет кино, естественно в формате 4+1.

— Что это? — растерялась Варя.

— Четыре серии и одна. Кино и телевариант. Куда ж мы нынче без телевидения? Прокат у нас хромает на обе ноги. Но зато телевидение дает сумасшедшую аудиторию, тем более, мы работаем с крупнейшим телеканалом. А теперь пусть Надежда Михайловна вкратце расскажет, в чем там суть, это ведь ее сценарий! К сожалению, мы не взяли с собой ни экземпляра, ни компьютера, но...

— Так даже лучше... — пролепетала Варя.

— Это история подлинная на восемьдесят процентов, — начала Надежда Михайловна. — История моей дальней родственницы. В советские времена она была нашей разведчицей, вращалась в высших кругах Англии, у нее были головокружительные романы, она совершала истинные чудеса, а потом ее предал один тип, сбежавший из Союза на Запад, ее посадили в тюрьму, потом обменяли на английского шпиона, она вернулась в Союз, но вдруг поняла, что не может там жить, задыхается, и поставила себе цель — сбежать на Запад. И ведь сбежала...

— И ее оставили в живых?

— Представьте себе! В Союзе началась перестройка, и стало как-то не до нее, тем более что она сделала в Дании пластическую операцию, хирург влюбился в нее без памяти и они уехали в Южную Африку. Она и сейчас там живет. Я была у нее несколько лет назад. Но в фильме этого, разумеется, не будет. Там у нас открытый конец...

— Пока открытый, — как-то грустно улыбнулся Семен Романович.

— Что ты хочешь сказать? — удивилась Надежда Михайловна.

— Надя, ты же понимаешь, что канал может не захотеть... И они будут требовать, чтобы ее пристрелили или, наоборот, сделали чуть ли не главой разведки... Не удивляйтесь, Варя! Раньше была цензура государства, а теперь цензура продюсеров... Причем они зачастую, прикрываясь требованиями канала, проводят в жизнь собственные дурацкие идеи.

— Сеня, не заводись. Это у него больная тема.

— Ну как вам, прелестная Варенька?

— По-моему, это просто здорово! Так интересно! И роль... о такой можно только мечтать! Но я не знаю, справлюсь ли...

— Вы машину водите?

— Да. Я даже одно время преподавала экстремальное вождение.

— С ума сойти! — хлопнул в ладоши Семен Романович. — А верхом ездите?

— Езжу, хотя не могу сказать, что виртуозно...

— А какими-нибудь единоборствами владеете?

— Чего нет, того нет. Но я научусь, если нужно...

— Посмотрим! Варя, а что вы еще умеете?

— Говорят, я неплохо пою. И танцую тоже...

— Ну, петь не обязательно...

— Да почему? — воодушевилась Надежда Михайловна. — Мы сделаем так, что вам будет что петь! Сеня, надо заказать песню, такой забойный шлягер!

— Забойный шлягер нам не подойдет... — как-то даже брезгливо поморщился Семен Романович.

— Назвать это можно как угодно, но должна быть такая песня, ну вроде журбинского вальса из «Московской саги».

Семен Романович опять сморщил нос.

— Очень хорошая песня! — твердо заявила Надежда Михайловна.

— Дело вкуса! — вздернул бровь Семен Романович.

— Но ты же не будешь отрицать, что песня была весьма полезна для этого не самого лучшего из сериалов.

— Согласен. Но у нас будет лучше!

— Тьфу, тьфу, тьфу, чтоб не сглазить! — улыбнулась Надежда Михайловна. — Ну вот, а теперь, Варюша, расскажите о себе. Как вы попали в эту альпийскую глушь из стольного града?

— Да это банальная история. Вышла замуж, родила...

— Надя, мы еще совсем мало знакомы, а ты уже хочешь исповеди? — вступился за Варю Семен Романович, поняв, что ей не хочется сейчас об этом говорить.

— Ты прав, Сенечка! Для нас сейчас важно не прошлое Вари, а настоящее и в особенности будущее...

— Ну, будущее теперь зависит от вас, — улыбнулась Варя.

— Нет, Варя, теперь все зависит от вас! — горячо воскликнул Семен Романович. — Когда вы сможете прилететь в Москву?

— А когда нужно?

— Сейчас сообразим. Сегодня восьмое января. Мы возвращаемся в Москву одиннадцатого, но раньше пятнадцатого активная деятельность в Москве невозможна. Думаю, дней пять уйдет на разговоры с продюсерами, так что где-то в конце января. Я вам буду звонить, держать в курсе дела.

— Семен Романович, я ведь работаю, и мне хотелось бы знать заранее, хотя бы за неделю... — робко проговорила Варя.

— Где это вы работаете? — словно бы взревновал режиссер.

— Я администратор в сети косметических салонов.

— Какая тоска! — воскликнул Семен Романович.

— Как интересно! — заметила Надежда Михайловна. — А если, дай Бог, все получится, что же будет с вашей работой?

— Мне придется уйти.

— Варя, но... Простите, это ваш единственный источник дохода? — осторожно спросила Надежда Михайловна.

— Не единственный, но основной. Но ведь за фильм мне тоже что-то заплатят? Да? Это же главная роль?

— Увы, на большие деньги рассчитывать не приходится, — огорченно проговорил Семен Романович. — У вас ведь нет имени, а в связи с кризисом у нас строго соблюдают принцип известности. Есть, что называется, первые лица, они и теперь неплохо зарабатывают, есть раскрученные, тоже можно жить, а есть... Увы, вас в России не знают.

— Неважно! — воскликнула Варя. — Это не имеет значения. У меня есть кое-какие сбережения. И потом... Неважно! Сколько заплатят, столько и заплатят. Не в деньгах счастье.

— О! Русская женщина верна себе и в Альпах! — радостно потер руки Семен Романович. — Варя, напишите мне ваш электронный адрес, я, как приеду, сразу вышлю вам сценарий.

— Простите меня, Семен Романович...

— В чем дело?

— Не надо сразу! Вдруг ничего не получится, вдруг ваши продюсеры меня не захотят... Мало ли...

— Захотят! Куда, черт побери, они денутся!

— Сеня, Варюша права. Поспешишь — людей насмешишь.

— Знаете, Варя, если я вдруг чувствую то, что почувствовал, встретив вас, я не ошибаюсь! А такое в моей жизни было всего два раза: когда я увидел Андрея Дружинина и второй раз — Таню Нарышкину! Их тогда никто не знал, а теперь это какие звезды! У меня на это нюх...

— Это правда, — кивнула Надежда Михайловна. — Мне недавно сказала одна моя подруга: «Надь, я тут второй раз посмотрела «Верного пса» и удивилась: все, кто там снимался даже в крошечных ролях, стали если не звездами, то уж во всяком случае популярными артистами. У Сени глаз-алмаз». Хотя на вас, Варя, первой обратила внимание я. Вы чем-то даже похожи на мою родственницу.

— Вам понадобится виза? — деловито спросил Семен Романович.

— Нет, я сохранила гражданство.

— Отлично! А у вас есть где остановиться в Москве?

— Варя остановится у нас! — непререкаемым тоном заявила Надежда Михайловна. — А если все будет в порядке, ей снимут квартиру.

— У меня вообще-то есть в Москве квартира, но она сдана.

— Это все решаемые вопросы, главное, чтобы вас утвердили на роль. Но я буду бороться до победы.

— Вы так в меня поверили? — робко спросила Варя.

— А вы-то сами в себя верите? — настороженно прищурился Семен Романович.

Варя на секунду запнулась, потом подняла на режиссера глаза.

— Да. Я верю, — но голос ее при этом дрогнул.

— Вот и славно! Вы говорили, что поете?

— Да.

— Можете сейчас спеть?

— В ресторане? — ахнула Варя.

— А что, слабо?

— Нет. — Варя решительно поднялась, подошла к метрдотелю, что-то ему сказала, тот улыбнулся и кивнул. Она направилась к старому пианино, стоявшему поодаль, откинула крышку, пробежала пальцами по клавишам, на мгновение задумалась и вдруг запела:

Целую ночь соловей нам насвистывал,
Город молчал и молчали дома,
Белой акации гроздья душистые
Ночь напролет нас сводили с ума.

Голос у нее был небольшой, но глубокий, волнующий, и пела она просто, очень музыкально и проникновенно. Все, кто был в зале, замерли. Семен Романович и Надежда Михайловна радостно переглядывались. Варя закончила романс, раскланялась, потом, озорно блеснув глазами, заиграла популярную в Германии полечку и запела по-немецки. Это была уже совсем другая женщина, другой голос и манера петь. Супруги Шилевич только диву давались. Бурные аплодисменты были Варе наградой. Она раскланялась в слегка шутливой манере и вернулась к столу.

— Браво, девочка моя! — закричал Семен Романович и обнял Варю. — Это было здорово! Ах, Надя, у меня действительно глаз-алмаз! И в фильме вы тоже будете петь! Вот я сейчас... — он выхватил из кармана мобильный телефон, набрал номер. — Генаша, с Новым годом! Да, мы в Альпах! Ген, у меня к тебе просьба, надо будет в ближайшее время встретиться. Мне нужна песня! Для дивного женского голоса, нет, ты не знаешь, я и сам только сегодня ее узнал... Это волшебная история, альпийская сказка! Я прилетаю одиннадцатого под вечер, давай встретимся двенадцатого, идет? Вот и отлично! Да, разумеется, со мной и тебе кланяется. Все, дружище, приеду, сразу позвоню! Варя, это Геннадий Градов, изумительный композитор, знаете такого?

— Нет, простите...

— Ничего, еще узнаете... Ах, как хорошо, как чудесно вы пели... Надя, какая ты умница, что притащила меня сюда! — он пребывал в абсолютной эйфории. — Варя, приходите завтра с утра, попробуем порепетировать...

— Простите меня, но я завтра работаю, мне нужно ехать в другой город, я не знаю, когда освобожусь...

— Какая досада! А если отпроситься?

— Сеня, не пори горячку! И что ты собрался репетировать? Остынь! Лучше отдыхай тут, пока есть возможность, и с новыми силами вступи в схватку с продюсерами.

— Ты, как всегда, права, — понурил голову Шилевич.

— Ну что? — спросила мать. — Глаза сияют! Тебя взяли?

— Мамочка, ну это ж так сразу не делается, но я им понравилась.

— Но что дальше-то будет?

— Полечу в Москву на два-три дня. На пробы. И это при условии, что Шилевичу удастся уговорить продюсеров посмотреть никому не известную актрису.

— То есть вилами по воде?

— Пока да. Но я убеждена... Все получится! Должно получиться!

— Варюша, девочка моя, ну получится... А потом? Где гарантия, что тебя потом еще куда-то пригласят?

— Ах, мама, какие вообще в жизни могут быть гарантии? Но если всего опасаться, так ничего и не будет! Надо рискнуть!

— Хорошо, предположим, тебя утвердят. А съемки? Это же не две недели... Что будет с работой?

— Мам, давай пока об этом даже говорить не будем. Меня могут вызвать в Москву только в конце января, на три дня. А ведь могут и не вызвать... Так что лучше пока об этом не думать вовсе.

— Ты права. Мы пока забыли об этом! Кстати, Никита опять порвал джинсы...

— Надюша, ну как она тебе?

— По-моему, чудесная девочка. Хотя она уже не девочка, но в первой серии запросто за девочку сойдет! И вообще... Это находка!

— Да! Еще какая! А как поет! Сколько артистизма, прелести, музыкальности... А какой переход от романса к песенке, восторг! Помнишь, я в первый момент сказал, что она некрасивая?

Она красавица! Она сыграет любую красавицу! Я всегда мечтал найти такую актрису, чтобы могла сыграть красавицу, не будучи красавицей! И в ней еще есть авантюрная жилка... Она ведь в первый момент испугалась петь в ресторане, а потом решилась, спела, и как! Чудо! Чудо! Ах, какой я молодец, скажи, Надюша!

— Кто спорит, молодец! — добродушно усмехнулась Надежда Михайловна. — Вот только впредь не будем задавать ей лишних вопросов. Варя явно пережила какую-то драму. Захочет — расскажет, а ковырять — не нужно, я сглупила, хорошо, что ты меня прервал.

— Да какая там особенная драма! — поморщился Семен Романович. — Польстилась сдуру на заграничный брак, а муж бросил, или она сама его бросила...

— Что, кстати, не одно и то же... А муж мог и умереть. Короче, мы не лезем к ней в душу. Она здорово напугана.

— Напугана? — поразился Семен Романович. — Чем это она напугана? Вечно ты что-нибудь выдумываешь!

— Странный ты, Сеня! Она напугана открывшейся вдруг перспективой, а еще больше тем, что перспектива для нее может в результате и не открыться, а если откроется, это грозит поломать устоявшуюся жизнь...

Как ты этого не понимаешь! — вдруг рассердилась Надежда Михайловна. — Кстати, я о чем еще подумала... Надо бы для продюсеров, а если все выгорит, то в дальнейшем и для прессы, придумать какую-то легенду...

— Какую еще легенду? — насупился Семен Романович.

— Понимаешь, в нашей с ней встрече есть, как ни смешно тебе это покажется, некая вторичность, своего рода плагиат...

— С ума сошла? Какой плагиат?

— Ну, всем же известна история Басова с Янковским...

— Но это и впрямь та же история!

— Ну и что? Нам нужна своя история. А то будут говорить — тех же щей, да пожиже влей, и он не Басов и она не Янковский.

— Ну, положим, я получше Басова режиссер.

— Я-то с тобой согласна, и многие еще согласятся, но ты же нашу публику знаешь...

— Знаю! Ну, а что тут можно сочинить?

— Подумаем.

— Ну, допустим, мы заблудились в лесу, а она нас спасла.

— Фу, Сеня!

— Тогда сама и выдумывай! Ты сценаристка, тебе и карты в руки.

— Это должно быть что-то совсем простое... Без романтического налета, чтобы никто не заподозрил неправды, не взялся проверять, докапываться...

— Это ты все на случай большого успеха стараешься?

— Я в нем уверена, Сенечка, как никогда раньше. Я уже придумала!

— Ну-ка, ну-ка!

— Варя же руководит косметическими салонами. Вот я заглянула в косметический салон, там вышла какая-то накладка, вызвали Варю...

— Не годится!

— Почему?

— Потому что тогда выходит, это ты ее нашла, а не я.

— Хорошо, ты пошел в косметический салон.

— Я? — ужаснулся Семен Романович. — Мне-то что там делать?

— Допустим, маникюр!

— Да я лучше умру!

— Да, Сенечка, с тобой нелегко! Хорошо, Варя, так же как и мы, каталась с сыном на санках, и мы все вместе полетели в сугроб!

— Бред!

— Ладно, тогда так: мы загулялись, заблудились и вышли на шоссе ловить машину. И поймали Варю! Она нас подвезла, мы по дороге разговорились...

— А что... Простенько и со вкусом! Годится!

— Только Варе пока об этом ни слова. Вот если прилетит к нам, мы ей скажем.

— Отлично!

Варя еще дважды заскакивала к Шилевичам, а потом отвезла их в аэропорт. На прощание Надежда Михайловна шепнула ей:

— Варенька, все получится, я уверена!

— Дай вам Бог, Надежда Михайловна! Мне почему-то тоже так кажется.

Они обнялись и расцеловались.

— До встречи в Москве, Варюша! — поцеловал ей руку Семен Романович.

У Вари комок стоял в горле. Ей уже казалось, что чета Шилевичей близкие, почти родные люди.

Миновал январь. Известий из Москвы не было. Варя буквально сходила с ума, хотя изо всех сил старалась не показывать этого матери. Целыми днями она разъезжала по делам и только работой удавалось на время занять мозги. По двадцать раз на дню проверяла, работает ли телефон, не пропустила ли она звонок. Словом, извелась. Мать, конечно, все понимала, но помалкивала. И Варя была ей за это благодарна. Варька, ты дура, уговаривала она себя, у тебя все хорошо сейчас, у тебя чудный дом, хорошая работа, мать и сын, слава богу, здоровы, ты давно поставила крест на актерской карьере, так чего ты с ума сходишь? Кто тебя там ждет, в Москве? Понятно, что продюсерам не нужна какая-то неведомая бабенка из альпийской глуши... Им нужны известные артисты, на которых клюнет публика. Шилевич просто не смог их уболтать, а теперь ему неловко звонить мне с отказом... Да наплевать ему на меня, просто отказ он переживает как свое унижение. И Надежде Михайловне небось запретил мне звонить, я ведь и так все пойму. И это даже хорошо, что они мне не звонят, а то стали бы меня утешать, мол, в следующем фильме обязательно найдем для вас роль, пусть второго плана, ничего, лиха беда начало... Да, все правильно... Но так хочется в Москву! А я летом поеду, возьму Никитку и поеду! Мама о Москве даже слышать не желает, ну и пусть. А мы съездим! На недельку... И надо во что бы то ни стало найти Марьянку, как-никак младшая сестра...

Когда Варя, отчаявшись найти работу — ее не взяли ни в один театр, вообще никуда не брали, — приняла предложение Гюнтера Шеффнера, немца, снимавшего соседнюю с ними квартиру, мама поддержала ее.

— Уезжай, Варя! Здесь ты только вымотаешься в унизительных попытках стать актрисой. Может быть, это вообще не твоя стезя. Езжай, пока молодая. Гюнтер приятный человек, интеллигентный и любит тебя. Найдешь там работу, кто знает, может, там тебя оценят, а нет, научишься чему-нибудь, родишь ребенка или двух, по крайней мере будешь жить спокойно, поверь, это много значит... Я желаю тебе добра, а там, глядишь, и Марьянку выдашь замуж за немца. А я выйду на пенсию и приеду к вам, внуков нянчить!

Она тогда посмеялась — мать, красивая, подтянутая, уверенная в себе женщина, совсем не походила на бабушку. Варя съездила в гости к Гюнтеру, который тогда работал в Австрии, в Зальцбурге. И влюбилась в этот игрушечный город, подаривший миру Моцарта.

Ей показалось, что там она найдет для себя что-то более важное, чем актерская карьера, которая как-то сразу не задалась. Не задалась и ладно. Для женщины куда важнее иметь дом, семью, любящего мужа... И все-таки, вернувшись в Москву, она сделала еще одну попытку, пошла на кастинг к затевавшемуся историческому сериалу. Ее не взяли. Это было последней каплей. Она уехала. Вышла замуж. Гюнтер настоял, чтобы она усиленно учила язык. Она оказалась очень способной и через год уже говорила прекрасно. Потом его перевели на работу в Оберстдорф, там ей нравилось меньше, но муж сказал, что это ненадолго и вскоре его обещают перевести во Франкфурт. В Оберстдорфе она устроилась в косметический салон кассиром и подружилась с его хозяйкой Гудрун. А потом забеременела, но работала еще и на седьмом месяце. Родился Никита. Увидев его, она ощутила, что ничего ей больше не надо! Она вдруг безумно полюбила мужа, к которому прежде не испытывала пылких чувств, свой дом и свою новую жизнь. Иными словами, она была счастлива. Но, как известно, счастье не бывает долгим. Гюнтер поехал в командировку в Румынию, и там его кто-то пырнул ножом. Как выяснилось потом, это был просто наркоман, которому понадобились деньги на дозу. Но удар оказался смертельным. В двадцать четыре года Варя осталась вдовой. На похороны приехала мама. И заявила тоном, не допускающим никаких возражений:

— Значит, так! Я продаю квартиру в Москве и переезжаю к тебе. Мы покупаем свой домик и будем жить. Ты пойдешь работать, я буду растить Никиту и больше никогда не вернусь в Москву.

— Почему?

— Это не имеет значения. Будет так, как я сказала.

— А как же Марьянка?

— Она вполне устроена. Тебе я куплю однокомнатную в Москве, будем ее сдавать.

— Мама, что случилось с Марьянкой?

— Ничего, она вышла замуж и укатила во Францию.

— Как? А почему я ничего не знаю?

— Вот видишь, она даже не удосужилась ничего тебе сообщить! Очень в ее духе!

Варе тогда показалось, что в голосе матери прозвучала ненависть. Однако сколько Варя ни пыталась заводить разговоры о сестре, мать сразу их пресекала. Но когда она окончательно переселилась в Германию, то как-то в разговоре обронила:

— Как я счастлива, что живу здесь, подальше от этой подлой твари!

— Какой твари? — не поняла дочь.

— Твоя сестрица вернулась в Москву со своим муженьком!

— Мама, скажешь ты мне наконец, что случилось?

— Ничего неожиданного. Яблоко от яблони!

— Что?

— Она такая же гнусь, как ее папаша!

— Мама, но я ничего не понимаю... Ну, Валерий Палыч ушел от нас, такое бывает... Но Марьяна моя сестра, и я, в конце концов, имею право знать...

— Нет! Довольно, что я знаю! А тебе ни к чему! И сестра она тебе только наполовину. Короче, мы эту тему закрыли.

Кстати сказать, и Марьяна не делала попыток связаться с сестрой. Они никогда не были особенно дружны, но и не враждовали. Поэтому, когда зашла речь о поездке в Москву, Варя сразу решила, что разыщет сестру, не говоря матери ни слова. Анна Никитична тоже молчала. Втайне она надеялась, что Варю в Москву не позовут, и к десятому февраля уже успокоилась, хотя ей было жалко дочь, она видела, как та мучается. Ничего, время вылечит и эту рану. После гибели мужа казалось, Варя долго не оправится. Но уже через полгода она вернулась в косметический салон и за два года прошла путь от кассирши до администратора. Проданная за огромные деньги московская квартира в престижном доме позволила купить небольшой, но прелестный дом в маленьком курортном городке и однокомнатную квартиру в Москве. На всякий случай. Сама Анна Никитична возвращаться в Москву не собиралась. Слишком болезненными были воспоминания о последнем периоде жизни там. Все, хватит, с этим покончено!

Однако одиннадцатого февраля поздним вечером раздался звонок. Варя сняла трубку в полной уверенности, что звонит Эммерих.

— Алло! Варюша! — она сразу узнала Надежду Михайловну. — Варя, я вас не разбудила?

— Нет-нет, что вы! — дрожащим голосом отозвалась она.

— Варя, деточка, сможете приехать к двадцатому?

— Да, да, конечно!

— Простите, что пропустили все сроки, но так все складывалось, то одного в Москве не было, то другого. Но теперь все улажено. Продюсеры жаждут с вами познакомиться, Сеня им столько о вас напел! Значит, завтра же закажите билет. И сразу позвоните мне. Я вас встречу.

— Сколько дней мне понадобится?

— Ну, в принципе, я думаю, самое большее два дня.

— А три дня вы меня потерпите?

— Господи, что за вопрос, Варя! Так я жду вашего звонка!

— Да-да, я утром переговорю с хозяйкой и тут же позвоню! Спасибо вам огромное!

— Пока еще не за что!

— Ну что вы!

— Все, Варенька. Сеня вам кланяется, но он охрип, кстати, из-за вас. Так орал на продюсеров! Это надо было видеть и слышать. При встрече расскажу в лицах, обхохочетесь! Все, целую вас!

И она положила трубку.

— Варь, кто звонил? — с лестницы спросила Анна Никитична. Вид у нее был заспанный. — Конечно, Эммерих?

— Да, мамочка, Эммерих.

— Попробуй объяснить ему, что в такой час звонить в дом, где есть ребенок, невежливо.

— Ладно, мамуль!

— И чего он хотел?

— Мама!

— Все, прости, прости, это только твое дело. Не знаешь, он намерен развестись?

— Мама, я не собираюсь за него замуж!

— Ну и зря! Он хороший человек, и к тому же богатый!

— Мама, тебе чего-то не хватает?

— Да! Мне не хватает стабильности и хорошей жизни для моей единственной дочери! — с этими словами Анна Никитична стала подниматься по лестнице.

Вот даже как, единственная дочь! Не слабо! А ведь если мама узнает, что я все-таки еду в Москву, может начаться бог знает что! Как же быть? Если меня вдруг, паче чаяния, возьмут на роль, мама будет всячески ставить мне палки в колеса... Придется что-то придумывать, врать, что съемки будут проходить где-то далеко от Москвы... Кстати, и сейчас ей лучше не знать, что я лечу в Москву. Поговорю завтра с Гудрун, она сама страдала от деспотичной матери, она поймет! Скажу маме, что еду на три дня в командировку. А если мама что-то заподозрит и позвонит ей проверить, Гудрун все подтвердит... Или лучше попросить Эммериха? Ему, скорее всего, понравится, что меня хотят снимать в кино... Он сам не лишен авантюрной жилки... Да!

Так лучше. Я уезжаю на три дня с Эммерихом, допустим, в Италию, и, кстати, то же самое я скажу Гудрун, а то поездка в Москву может ее встревожить, а зачем зря тревожить работодательницу, хоть мы с ней и подруги! Ведь, скорее всего, ничего не получится. Получится! Получится, я чувствую, все получится. На этот раз не может не получиться!

Утром она пораньше вышла из дома. И из машины позвонила Эммериху.

— С добрым утром, моя радость! — приветствовал он ее. — Ты хочешь меня увидеть?

— Мне просто необходимо тебя увидеть!

— О, у тебя голос так звенит! Случилось что-то хорошее?

— В общем, да, но... чтобы это хорошее случилось, мне нужна твоя помощь!

— Я готов! Где и когда встретимся?

— Давай в час дня в нашем кафе.

— Хорошо, договорились! Целую тебя. Но скажи, в субботу наше свидание не отменяется?

— Нет-нет, но ждать до субботы я не могу!

— Заметано! Целую!

Эммерих очень нравился ей. Их связь длилась уже два года. Он был успешным дизайнером, хозяином студии, сотрудничал со многими модными фирмами. Они познакомились на книжной ярмарке в Лейпциге, где оба оказались совершенно случайно. Роман был приятным, необременительным, никаких планов они не строили, просто им было хорошо вместе. И обоих такое положение вещей вполне устраивало.

— Ну, что стряслось, моя радость?

— Эмми, меня пригласили в Москву на кинопробы!

— Серьезно? Это здорово! Поздравляю! А чем я могу помочь?

— Мне нужно алиби!

— Алиби? — рассмеялся он. — Ты намерена кого-то убить?

— Эмми, мне не до шуток!

— Я тебя внимательно слушаю!

Она все ему объяснила.

— Без проблем! Обеспечу я тебе алиби! А что скажешь, куда мы едем?

— В Италию, например!

— Не годится!

— Почему?

— Потому что в Москву надо брать теплые вещи, куда теплее, чем в Италию, а посему предлагаю Норвегию!

— Здорово! Спасибо, Эмми!

— Надеюсь, в субботу ты сможешь меня как следует отблагодарить! Послушай, но если дело выгорит, тогда как?

— Тогда и буду думать! А сейчас...

— Умная девочка! А как у тебя глаза горят... Обалдеть! Выходит, возможно, в дальнейшем у меня будет любовница кинодива? Или для кинодивы я недостаточно хорош?

— Это я пока недостаточно хороша для тебя, а вот если стану кинодивой...

— А ведь станешь... — вдруг очень серьезно сказал он. — Я уверен!

— Спасибо, Эмми! — растроганно проговорила Варя.

Он достал из сумки ноутбук.

— Давай немедленно закажем билет, я еще постараюсь найти рейс на Осло, подходящий по времени...

— Зачем?

— Ну мало ли... Вдруг фрау Анне придет в голову проверить?

— О, какой ты предусмотрительный! — радостно засмеялась Варя.

— А ты как думала? Врать тоже надо уметь, чтоб никого не обидеть, не возбуждать лишних подозрений. Такое вранье — ложь во спасение покоя ближних. Для достоверности я сам отвезу тебя в аэропорт.

— Эмми! — растрогалась Варя.

— Я хочу спать с кинозвездой!

— А тебе еще не приходилось?

— Нет, как-то не случалось.

— А вдруг ничего не выйдет, тогда ты меня бросишь?

— И не подумаю!

Через несколько минут билет в Москву был заказан и Варя позвонила Надежде Михайловне.

— Все в порядке, я прилечу девятнадцатого!

— Я вас встречу!

— Вас это не затруднит?

— Да нисколько! Ждем вас с нетерпением! Вы все уладили без особых проблем?

— Да-да, все хорошо! Спасибо вам!

— Что это ты так сияешь? — с подозрением спросила Анна Никитична.

— Мамочка, мы с Эммерихом летим на три дня в Норвегию!

— Зачем?

— Мама!

— Но почему именно в Норвегию?

— Потому что ни он, ни я там еще не были!

— Ну что ж, в Норвегию так в Норвегию! — пожала плечами мать. А про себя сказала: все лучше, чем в Москву!

Варя заметила, что мать испытала облегчение. Что же будет, если меня утвердят? Ладно, поживем — увидим!

Вечером восемнадцатого Анна Никитична спросила:

— Эммерих за тобой заедет?

— Конечно!

— А где вы там будете жить? В отеле?

— Нет, Эмми сказал, что какой-то его друг дает ему ключи от своей квартиры.

— В Осло?

— Нет, в Бергене!

Слава богу, подумала Анна Никитична, она так сияет, я думала ей будет грустно, что ее не взяли в кино. И не похоже, что она притворяется... Вот вышла бы она замуж за Эммериха, я была бы спокойна.

Утром девятнадцатого Эммерих и в самом деле заехал за Варей. Одет он был так, как будто и впрямь летел в Норвегию — спортивная куртка, толстый свитер.

— О, Эммерих, вам страшно идет спортивный стиль.

— Благодарю, фрау Анна! Дорогая, ты готова? Где твой чемодан? Все, поехали! Вчера снегу навалило, можем попасть в пробку! Едем, едем!

— Мамочка, пока! Никита вернется, скажи, что я его люблю!

— Не стану я говорить такие глупости! Он и так знает, что ты его любишь! Все, езжайте уже!

Они сели в машину.

— Господи, как же я ненавижу врать! Так тяжело!

— Ничего, ты же просто щадишь свои нервы и нервы матери, кстати, тоже.

Уже в самолете Варя начала дрожать. Рядом с Эммерихом ей было спокойно и весело, а едва она осталась одна, навалился давящий липкий страх. Куда я лезу, я же все забыла, я растренирована, у меня нет опыта, катастрофически нет опыта, что в моем возрасте совершенно непростительно... Допускаю, что Шилевич сможет сделать из меня то, что ему нужно, но продюсеры-то увидят меня, так сказать, в первозданном виде... И я не умею работать в кадре... Я вообще ничего не умею... И куда я лезу... Опозорюсь и все тут. Почему-то ведь меня никуда не брали... наверное, им было виднее... У меня просто нет таланта... Дура! Дурища! Нет, так нельзя... Если уж я полезла в эту авантюру, нельзя себя настраивать на провал... Шилевичу виднее... Он сумел открыть таких артистов! Может, и меня откроет?

— Варя! Наконец-то!

— Надежда Михайловна, дорогая, здравствуйте!

— Варечка, вы такая бледная, волнуетесь?

— Не то слово!

— Ничего, все будет хорошо! Сейчас приедем, пообедаем, дам вам сценарий, а завтра утречком поедем на студию.

— Ой, мамочки! Я же ничего не умею!

— Так, вот этого я больше слушать не желаю! Научитесь! И запомните — как бы вам ни было страшно, вы обязаны завтра сыграть перед продюсерами спокойную уверенность в своих силах, в своем несомненном обаянии, ну, легкое волнение допустимо, но только легкое, понимаете?

Сценарий привел Варю в восторг. Какая роль! Как все увлекательно! Она сразу влюбилась в свою героиню Марту. Сколько в ней всего! И женское обаяние, и редкое мужество, и лукавство, и даже некая умудренность — словом, мечта! Но как все это сыграть? И что придется играть завтра на пробах?

— Ну как? Прочли? — заглянула к ней Надежда Михайловна.

— Это просто чудо! Такая история и такая роль! Но у меня... поджилки трясутся!

— Варечка, не боги горшки обжигают!

— Нет, Надежда Михайловна, это ведь смотря какие горшки! Некоторые под силу только богам!

— О, я польщена, конечно, но мы с Сеней уверены, что вы отлично справитесь!

— Спасибо вам! А вы не знаете, что мне завтра надо будет играть? Какую сцену?

— Не думаю, что какую-то определенную... Сеня ничего не говорил, полагаю, завтра вы просто познакомитесь с продюсерами, с оператором, а там уж видно будет.

Надежда Михайловна лукавила. Она все знала, но они с мужем решили — если заранее сказать Варе, что́ ей предстоит завтра делать, она со страху может сильно пережать, переиграть или, наоборот, зажаться. «Бросим ее как щенка в воду, — говорил Семен Романович, — и поглядим, выплывет или потонет!» Однако оба были уверены, что непременно выплывет!

И оба вспомнили, как она пела в ресторане. Тогда ведь она тоже была не готова, но, поняв, что от этого многое зависит, решилась и победила! И еще она не сказала Варе, что сегодня к ужину придет один из актеров, с которыми ей предстоит играть. Он был старым другом Шилевича и снимался во всех его фильмах. К тому же одним из продюсеров был его младший брат, всегда прислушивавшийся к мнению старшего. Визит был задуман как вполне неожиданный. Короче говоря, все было продумано до мелочей.

Они сели втроем за накрытый к ужину стол.

— Ну, Варя, Надя сказала, что вы в восторге от сценария? — начал Семен Романович.

— Не то слово! Если...

— Варя, забудьте слово «если». Только слово «когда»!

— Семен Романович!

— И не тряситесь так, завтра ничего страшного не будет. Просто познакомитесь кое с кем, фотопробы сделаем и вообще, я за вас уже поручился, а мое слово кое-что значит.

В дверь позвонили.

— Кого это черт принес? Надюш, откроешь?

— О, Леша! Привет!

— Надин, у вас в доме случайно нет пассатижей, я после переезда ничего не могу найти!

— Кажется, были. Леш, а не поужинаешь с нами?

— Честно говоря, я голодный, а дома хоть шаром покати, так что с удовольствием.

— Пошли, у нас очаровательная девушка в гостях.

— Ну вот, а я в таком виде...

— Нормальный у тебя вид!

— Это мой друг и с недавних пор сосед, — сказал Варе Семен Романович. — Леха, привет! — поднялся он навстречу другу. — Варюша, познакомьтесь, это, кстати, ваш шеф, Леша, Алексей Иваныч, будет играть вашего шефа!

— О! Так это и есть моя Марта? — обаятельно улыбнулся Алексей Иваныч.

Варя узнала его в лицо, фамилии этого актера она не помнила, но он ей сразу понравился. Обаятельный, с доброй улыбкой.

— Здорово! Сенька, в ней есть изюмчик, ты бьешь без промаха! Да, девушка, знаете, Сенька мне все уши прожужжал, что нашел в Альпах чудо-девушку, просто даже надоел! Надин, а у тебя супчику случайно не осталось? Так в разводе по супчику скучаю!

— Сейчас согрею! — рассмеялась Надежда Михайловна, сразу оценив брошенную вскользь фразу о разводе. Значит, Варя ему глянулась!

— Ну, девушка Варвара, как в Москве после Альпийщины?

— Я еще не успела понять... — застенчиво улыбнулась Варя. — Как-то не до того... Но я так рвалась в Москву... Это же мой родной город.

— А почему ж тогда в Питере учились?

Варя вдруг покраснела.

— За парнем небось поперлись в Питер? Точно, я угадал! А у кого там учились?

— У Ольги Зиновьевны Малкиной.

— У Ольки? Она классный педагог, вот как так получается, что человек сам играть не может, а других классно учит? Вот, говорят, Рихтер не мог учить, а как играл! И Плисецкая тоже не преподает... Вот и Олька, не вышло из нее актрисы, а педагог божьей милостью! А вы, Варвара, хорошо учились?

— Да.

— А потом что?

— А потом ничего! Глухо. И вот только Семен Романович...

— Счастливый случай, а ведь они собирались отдыхать в Таиланде. Это я их отговорил! Так что я в некотором роде тоже причастен...

— Леш, а есть что-нибудь на свете, к чему ты не причастен, а? — засмеялась Надежда Михайловна.

— Карибский кризис! — мгновенно отозвался гость. — Я тогда только родился, аккурат в Карибский кризис!

За столом все покатились.

А он славный, подумала Варя. Не очень умный, но это неважно. Актер хороший.

Ужин прошел весело. Варе было уютно. Она чувствовала, что хотя бы одному члену съемочной группы уже пришлась по душе. Конечно, от него вряд ли что-то зависит, но все равно, пустячок, а приятно. Семен Романович попросил Варю что-нибудь спеть. Она спела. У Алексея Ивановича сделались мечтательные глаза.

— Сень, дай мне пассатижи, — сказал он, уходя. — Кстати, ты ко мне на пять минут не заглянешь? Надо, чтобы кто-то подержал стремянку, она у меня шатается, а я все-таки выпил маленько...

— Пойду подержу! Что с тобой делать, а то сверзишься и съемки сорвешь.

— Ну как? — спросил Семен Романович, выйдя на площадку.

— Мне нравится! В ней манючек есть, хотя на первый взгляд ничего особенного, не красавица, а приглядишься — и глаз не оторвешь.

Для Марты самое оно. Ты, Сеня, снайпер! А что у нее с личной жизнью?

— Леша, я тебя умоляю!

— Да ты что! Я просто спросил!

— Что ж я, не видел, как ты на нее облизывался?

— Да брось! Мне не до того сейчас! Сам знаешь, Натка с меня семь шкур содрала, я сейчас на мели, а какие ухаживания с пустым карманом? Это для молодых ребят... — тяжело вздохнул Алексей Иванович.

— Ты, главное, Мишке скажи, что она тебе понравилась — лишнее мнение нелишне.

— Да уж скажу, и притом искренне. Хотя она все-таки здорово зажатая.

— Разожмем, не впервой! Понимаешь, я печенкой чую — она то, что нам требуется. И она сможет целиком отдаться работе. Она не снимается параллельно еще в трех сериалах, не играет в театре, словом, целиком будет наша!

— Ладно, чего ты меня агитируешь? Побереги свой пыл для этих козлов-продюсеров!

— Ладно, Леш, тебе и вправду надо стремянку подержать?

— У меня стремянки вообще нет. Натка даже ее забрала.

— Да, Леша, умеешь ты баб находить!

— Просто я порядочный, а они нет!

— По-твоему, порядочных баб вообще нету?

— Я только одну знаю, Надьку твою. И то, пока дело до развода не дошло. Ладно, не злись, я пошел!

Следующий день Варя провела как в тумане. Шилевичи поехали с ней на студию, которая помещалась в цехах бывшей фабрики. Ее знакомили с кучей каких-то людей, мужчин и женщин, кто-то из них смотрел на нее с интересом, кто-то с сомнением, а кто-то, как ей показалось, даже с ненавистью. Ее фотографировали, просили спеть, потом напялили на нее показавшееся ей до ужаса безвкусным вечернее платье и заставили в нем взбегать по крутой высокой лестнице, потом явился знаменитый артист Бурмистров, утомленный красавец в абсолютном сознании своей неотразимости, глянул на Варю без особого восторга, обаятельно улыбнулся — и Варя сразу его возненавидела. Семен Романович же был с ним очень ласков.

— Димочка, друг мой, надеюсь, ты поможешь Варе на первых порах...

— Не волнуйся, Сеня. Все будет супер! Варвара, не бойся меня, я не кусаюсь! Чего ты зажалась?

— Вы какой-то слишком великолепный! Я с вами рядом просто замухрышка! — сама себе поражаясь, проговорила Варя.

Бурмистров расхохотался.

— Ладно, замухрышка, пошли!

— Куда?

— Порепетируем!

Варя беспомощно оглянулась на Семена Романовича.

— Да-да, Варюша, попробуйте сыграть махонькую сценку. И неважно, что текста не знаешь. Дима будет просто с тобой разговаривать, а ты отвечай как бог на душу положит, нам важно настроение. В двух словах объясняю смысл: Марта сидит в кафе. За одним из столиков она замечает красивого мужчину, он ей нравится, но она очень напряжена, ждет связного. Поэтому отводит взгляд от понравившегося мужчины. Вдруг он поднимается и идет к ее столику. Это очень некстати ей, а он заводит какой-то разговор, она отвечает невпопад, нервничает, и вдруг он садится за столик, говорит ей комплименты, а потом внезапно называет пароль. Ее реакция. Потом он начинает выговаривать ей, что она ведет себя непрофессионально, ну и так далее. Поняла?

— Поняла!

Бурмистров сел за столик. Варя за другой. Обвела взглядом помещение, увидела довольно большую группу людей, но сейчас ей было не до них. Вот взгляд ее упал на Бурмистрова. Сейчас у него было совершенно другое лицо. Сейчас от него было трудно оторвать взгляд. Ни тени презрительного великолепия. Просто очень мужское, очень красивое лицо. Она с трудом оторвала от него взгляд, взяла салфетку из вазочки, скомкала и смотрела уже только на свои руки, лишь изредка косясь на незнакомца, потом достала из сумки зеркальце, посмотрелась, поправила челку. Она сейчас ясно вспомнила эту сцену в сценарии. Вот кто-то вошел в кафе. Она пристально смотрит на вошедшего. Но в этот момент к ее столику подходит Вернер, она в некоторой панике, он садится за столик и произносит:

— Простите, я просто не мог не подойти, вы так напомнили мне мою мать...

— Знаете, это самый пошлый из приемов! — заметила Марта.

— А если это правда? Я могу показать вам ее фотографию. Смотрите, какое поразительное сходство, практически одно лицо!

— Кажется, и в самом деле есть сходство, — растерянно говорит Марта, то и дело поглядывая на дверь.

И тут он произносит пароль, она вздрагивает, изумленно смотрит на него, медлит с отзывом. Потом едва слышно произносит условную фразу.

— Вы ведете себя непрофессионально! В вас все выдает неопытного агента. Я откажусь иметь с вами дело!

— Боюсь, уже поздно, и поверьте, двух ваших фраз мне хватило, чтобы никогда больше не реагировать на вас как на мужчину. — Она сказала в точности то, что было в сценарии, у нее была замечательная память!

— Довольно! — крикнул Семен Романович.

Варя как будто очнулась. Бурмистров похлопал в ладоши.

— Молодец, реакция хорошая. Мне даже показалось, что последняя фраза относилась ко мне лично, а не к моему герою.

— Поверьте, ничего личного! — усмехнулась Варя.

— Надеюсь! Сеня, я должен бежать!

— Беги, Димочка, только скажи этим... что ты согласен с ней играть, — добавил он едва слышно.

— А что, вопрос так стоит?

— На всякий случай, ты же их знаешь!

— Нет проблем! Хотя девица и неопытная. Но не пустая хотя бы.

— В том-то и штука!

Бурмистров помахал Варе рукой и быстро исчез.

— Что, устала?

— Так, чуть-чуть...

— Ну все, ты пока свободна! Надя тебя отвезет домой.

— Семен Романович, скажите...

— Детка моя, пока ничего сказать не могу! То есть что касается меня, я более чем доволен, Димка тоже, это немаловажно. Однажды он категорически отказался сниматься с одной девицей и сумел настоять на своем. Ну, если режиссер и главная звезда согласны... Это много значит.

— Варюша, поехали, — обняла ее за плечи Надежда Михайловна.

— Ну, что скажете? — с вызовом спросил Семен Романович, когда все причастные к процессу лица собрались в переговорной.

— Она ничего... — неуверенно проговорил продюсер.

— За этим должно последовать какое-то «но»? — вскипел Шилевич.

— Этих «но» до фига и больше!

— И что же это?

— Ну, во-первых, она неопытная... — вступил один из сопродюсеров.

— Опыт дело наживное. Но она талантливая!

— Ну, это громко сказано, она не более чем способная. К тому же она... толстая! — подал голос исполнительный продюсер.

— Толстая? — поперхнулся от злости Семен Романович. — Она толстая? Она просто женщина, а не вобла! Нет, это надо же... Впрочем, она, вероятно, согласится похудеть на два-три кило, не проблема, хотя я терпеть не могу снимать сушеную тарань вроде вашей Турковой! Ну, а еще что?

— Ну, морда-то не медийная! Раскрутка нужна. Причем с нуля! А это денег стоит!

— Денег стоит все! А с нуля раскручивать легче, между прочим! Нужна просто хорошая легенда и все дела! Конечно, если вы рассчитываете снимать в этой роли Туркову, то снимать вы ничего не будете, просто нечего будет снимать! Надежда Михайловна не отдаст вам сценарий, а я пойду снимать в «НТВ-кино». Или в «Домфильм», меня давно зовут. И это мое последнее слово. Всего наилучшего!

— Семен Романович, ну что вы так взбеленились, о Турковой речь вообще не идет...

— А о ком идет?

— Может, посмотрите Валюшенко?

— Этот кусок мяса? Она же не умеет играть, только губки дует да рыжими патлами трясет. Хотите с ней спать, это ваши проблемы!

— А вам так хочется спать с этой альпийской коровой? Ради бога, но не за наш счет!

Семен Романович сначала побагровел, потом смертельно побледнел, лоб покрылся капельками пота.

— Если ты, свиненыш...

В этот момент в комнату заглянул еще один мужчина, при виде которого исполнительный продюсер сразу утратил воинственный пыл.

— Что тут за шум, господа хорошие? Сеня, что с тобой? Тебе плохо?

— Мне было плохо, а сейчас уже хорошо. Я ухожу, и больше вы меня тут не увидите. И сценария нашего тоже! Хватит с меня, я уже не в том возрасте, чтобы хлебать тут говно! Я вам не мальчишка!

— Постой, успокойся, сядь. Вот так! Валер, в чем дело?

— Да ничего особенного, Николай Максимыч, рабочий момент, так сказать. Поспорили из-за главной героини.

— Ну и в чем суть спора? Режиссеру безусловно виднее, тем более такому режиссеру!

— Да, но лицо-то не медийное!

— Но медийными, как солдатами, не рождаются, а становятся! И главная роль в таком фильме враз сделает медийным любое лицо, тоже мне проблема! Успокойся, Сеня!

— Почему я должен выслушивать оскорбления от этого писеныша, который только и умеет, что хамить!

— Вы первый начали!

— Что позволено Юпитеру, не позволено быку, впрочем, ты не бык, ты мелкий свиненыш! И работать я с тобой не буду ни под каким видом! Все, это мое последнее слово!

— Так, стоп! Сеня, теперь твоя версия!

— Никакой версии! Или он или я!

— Тоже мне проблема, поменяем его! Он пойдет на другой проект, а тебе дадим другого! Но я все-таки хочу сам глянуть на эту альпийскую диву! Где она?

— Я ее отпустил, но мы сняли сценку с Димой, он, кстати, очень ее одобрил, не говоря уж о Лешке.

— Сняли, так покажите!

— Сию минуту, Николай Максимыч, — засуетился «свиненыш». — Посмотрите сами, ничего в ней особенного нет, Семен Романович необъективно к ней относится...

— Замолкни, свин!

— Тебя уже повысили в звании! — хмыкнул Николай Максимович. — Лучше уйди пока, у меня своя голова на плечах.

Получивший «повышение» исполнительный продюсер предпочел уйти от греха подальше.

— А что, мне она понравилась... — заявил, посмотрев материал, Николай Максимович. — Живая, пикантная, голос чудный, ты, Сеня, молоток, бьешь без промаха. Вообще, может, ты не самый великий, Сеня, но актеров видишь как никто! Из этой девахи будет толк! Сколько ей годков?

— Тридцать.

— Да? А глядится на двадцать два максимум! Это здорово! Берем!

— Коля, ты не передумаешь?

— Сень, я похож на болтуна? Сказал берем, значит, берем! А этого дурня Валерку давно гнать пора, ни хрена не понимает!

— А ты зачем его вообще взял?

— Да он поначалу нормальный был, а теперь обнаглел, как... Словом, Сеня, совсем его выгнать пока не могу, а от тебя уберу, не волнуйся, вместо него дам хорошую девку, Нинку Мурадян! Ты ее знаешь?

— Нет.

— Она умная, дело любит самозабвенно, у нее муж год назад погиб, она с головой в работу ушла, надежная как скала и говорит, что мечтает поработать с тобой.

— Ну что ж, я не против, а то этого свиненыша я бы просто пришиб!

— Вот и славненько! Давай-ка завтра привози свою альпийскую фиалку ко мне, поговорим уже о конкретных делах.

— То есть я могу сейчас же ей сказать, что она утверждена?

— Можешь, можешь! Они, кстати, с Димкой в паре классно смотрятся! А то помнишь, мы с тобой удивлялись, он с Голубевой снимался, чистое недоразумение. Он шикарно там играл, у него все легко, изящно, с шиком, настоящая авантюрная комедия, а она как гвозди, да что там гвозди, сваи заколачивает! А эта... Надо дать девке шанс! Но придется как-то заинтриговать зрителя, сочинить что-нибудь волнующее, ладно, это не проблема... Запустим утку, что у нее роман с Димкой или что-нибудь еще, профессионалов привлечем. Все, я должен бежать, завтра жду вас всех троих, с Надей, я имею в виду, часам к... Постой, я сейчас... — Он вытащил из кармана телефон: — Алла, что у меня завтра? Ага, понял. И ничего нельзя подвинуть? Отлично, ох, грехи наши тяжкие! Сеня, а к десяти утра подгрести сюда слабо?

— Нормально, к десяти так к десяти!

— Все, я убежал, у меня такой цейтнот!

Семен Романович решил все-таки пока не говорить Варе, что все уже решено, он слишком хорошо знал эту кухню. Роль «свиненышей» зачастую бывает куда важнее роли свинопаса. Как говорится, жалует царь, да не жалует псарь. Но вот если завтра на встрече с Николаем будет и представитель канала, который весьма, как известно, ценит опыт и чутье Николая Максимовича, тогда-то уж и будем радоваться вместе. Дома он сказал, что в принципе кандидатура Вари одобрена, но вот завтра надо еще все обговорить...

— То есть, они не сказали, что я никуда не гожусь? — дрожащим голосом спросила Варя.

— А за каким чертом тогда им надо с вами встречаться? — вспылил измотанный Семен Романович. — Думаете, они так воспитаны, что будут приглашать вас для отказа, чтобы все выглядело благопристойно? Щас!

— Сеня, тише! По-моему, все идет отлично, Дима Бурмистров вас одобрил, с ним считаются, это тоже важно... Да не тряситесь вы так, Варечка! Сеня прав, раз пригласили на завтра, значит, все идет хорошо! А если что не так, берем сценарий, вас и переходим в другую структуру! Сеня вас не сдаст! Если он поверил в артиста...

— Вы правда в меня поверили? — вскинула свои глазищи на режиссера Варя.

— Черт бы тебя побрал, альпийская варежка! — вдруг не своим голосом заорал Шилевич. — Сколько можно повторять одно и то же?

— Варежка? — засмеялась Надежда Михайловна. — А можно я тебя тоже буду Варежкой звать и на ты?

— Можно, — испуганно улыбнулась Варя. — Меня никто Варежкой не называл, но мне нравится!

— А я есть хочу! — заявил Семен Романович. — Дадут мне в этом доме пожрать?

Утренняя встреча прошла для Вари как во сне. Через полтора часа трудного для нее, во многом непонятного и в высшей степени сумбурного разговора до нее вдруг дошло — ее берут на эту роль! От радости она задохнулась, и если бы Надежда Михайловна в какой-то момент больно не ущипнула ее, она бы и вовсе ни во что не врубилась. А еще через два часа она подписала контракт, из которого следовало, что она должна уже через две недели прибыть в

Москву. Съемки начнутся в середине апреля, и режим будет жесточайшим, планируется все снять за полтора месяца!

— И это еще хорошо, — сказала Надежда Михайловна, — а то, бывает, и за две недели снимают! Варя, вам придется уволиться с работы?

— Конечно, ведь в общей сложности на все уйдет месяца четыре, мне такой отпуск никто не даст!

— Да зачем тебе эта дурацкая работа! — взорвался Шилевич. — Я совершенно уверен, как только слух о тебе пройдет по нашим сферам, тебя сразу начнут приглашать в какие-нибудь сериалы, и мой тебе совет, не отказывайся! Тебе уже не двадцать, столько лет упущено! Конечно, на любое говно соглашаться все же не следует, но ты не волнуйся, я прослежу! И, скорее всего, сам буду еще тебя снимать, я своих актеров всегда долго снимаю, может, не в главной роли, но это неважно!

— Господи, да я как во сне...

— Ты, кстати, помнишь, что завтра утром с тебя снимают мерки? А днем ты улетаешь?

— Помню, Надежда Михайловна, миленькая...

...— Эмми! Ты знаешь...

— Да я по глазам вижу, все получилось? Ты так сияешь! Отличная страна Норвегия, скажу я тебе! Значит, мои шансы спать с кинозвездой здорово выросли?

— Перестань, как бы не сглазить!

— Никогда! У меня очень легкая рука! Да, кстати, вот в этой сумке подарки из Норвегии для Ника и фрау Анны.

— Эмми! Но как?

— А я слетал на сутки в Берген. Тут, кстати, и для тебя подарок, должна же ты была хоть что-то себе купить.

— Эмми! Я тронута...

— Ладно, давай рассказывай, что и как...

Она рассказала.

— Значит, ты надолго уедешь...

— Я буду приезжать.

— И я буду. Тут как раз на меня вышла одна русская фирма...

— Эмми!

— Но что же ты скажешь маме?

— Ничего! — каким-то пьяным смехом засмеялась Варя. А у Эммериха дрогнуло сердце. — Режиссер позвонит, когда меня не будет дома... Сам поговорит с мамой, навешает ей на уши тонну лапши...

— О! Скажи, а ты с сестрой встретилась?

— Нет, не успела, у меня совсем времени не было. Вот поеду надолго, обязательно найду ее...

— Она намного моложе тебя?

— На три года всего. Эмми, спасибо тебе за все!

— Когда мы встретимся?

— Послезавтра. Завтра я должна поговорить с Гудрун. Боюсь, я очень ее подведу!

— Ничего, найдет она тебе замену!

— Найдет, конечно, — вздохнула Варя. Ей вдруг стало страшно до ужаса. И в то же время в душе поднимался восторг, почти счастье. Я поеду в Москву сниматься в главной роли!

— Мама приехала! — закричал Никита, выскакивая во двор. — Бабушка, мама приехала! Мамочка, я соскучился! Привет, Эмми!

— Привет, Ник! Добрый вечер, фрау Анна! Вот доставил вашу дочь в целости и сохранности!

— Благодарю вас, Эммерих! Может быть, поужинаете с нами?

— Спасибо, предложение заманчивое, но, увы, времени нет, должен мчаться... Пока, дорогая! — Он чмокнул Варю в щеку и уехал.

— Мамочка, как тут у вас дела?

— У нас все в порядке, а ты, я гляжу, сияешь! Понравилось в Норвегии?

— О, там такая природа! Эти фьорды... Я вам подарки привезла...

— Мамуля, что ты мне привезла?

— Никита, это неприлично, — одернула внука Анна Никитична.

— На вот, поройся в сумке, найдешь, — счастливо рассмеялась Варя.

Никита подхватил сумку и побежал в дом.

— Эммерих сделал тебе предложение?

— Мама! О чем ты говоришь, какое предложение? Он женат, у него двое детей! Да и вообще! Просто я отдохнула, нам было хорошо вместе, весело...

Что-то тут не так, подумала Анна Никитична.

Утром, как всегда, Варя собралась на работу. От Надежды Михайловны пришла эсэмэска: «Уже можно звонить?». Варя ответила: «Через час, пожалуйста».

— Что-то важное? — поинтересовалась Анна Никитична.

— Придется для начала поехать в Оберстдорф. Там проблема. Все, мамочка, пока!

Рабочий день оказался на редкость тяжелым. Ей и впрямь пришлось поехать в Оберстдорф, где, как оказалось, тяжело заболел один из лучших парикмахеров, а заменить его было пока что некем. Надо как-то выходить из положения. К тому же в другом салоне что-то случилось с солярием. Боже, какая тоска! Неужто еще две недели — и я уеду в свою сумасшедшую Москву? Я так ее люблю! Даже не понимаю, почему я жила и вовсе по ней не скучала? А теперь... Но как все это воспримет мама? А Никита? Я буду приезжать сюда при любой возможности. Пока подготовительный период, это будет несложно, но... очень дорого. Ничего не попишешь, я пока никто, и платить мне будут совсем мало. Правда, обещали недорого отдать все шмотки, какие сошьют для фильма, а это уже кое-что... Еще обещали снять квартиру. Семен Романович запретил говорить продюсерам, что у меня в Москве есть жилье. Так что деньги за квартиру, пусть и небольшие, не перестанут поступать на мой счет. Ладно, как-нибудь прорвемся!

Вечером она приехала домой вконец измотанная.

— Устала? — спросила мать. Выражение ее лица было странным. Звонили, поняла Варя, но ни о чем спрашивать не стала. — Никита уже спит. Ты поздно сегодня. Ужинать будешь?

— Да, я голодная как волк, пообедать не удалось, только кофе выпила.

— Садись, поешь. А потом у меня есть к тебе разговор.

— Мама, что-то случилось? — мастерски сыграла встревоженность Варя.

— Сперва поешь.

— Что-то плохое, да?

— Это как посмотреть. Лично я не берусь определить.

— Мама, говори, а то мне кусок в горло не полезет.

— Хорошо. Так вот, тебе звонили из Москвы.

— Из Москвы? Кто?

— Твой новый знакомый, режиссер.

— Шилевич?

— Ну да. Он был, кстати, весьма любезен.

— Мама, что он сказал? Он вызывает меня на пробы?

— Нет, подымай выше! Он сказал, что тебя уже утвердили на роль!

— Как? Без проб? Ты ничего не путаешь?

— Нет, я пока еще не разучилась понимать по-русски! Он сказал, что позвонит тебе на сотовый. Не звонил?

— Пока нет!

— Может, передумал...

— Мама! Как ты можешь!

— Значит, ты собираешься поехать?

— Мама, но это же... Я столько мечтала... А тут...

— И ты все бросишь? Сына, мать, работу?

— Мама... Тебя и Никиту я вовсе бросать не собираюсь, но работу... Да черт с ней! Я не могу больше заниматься этими окаянными салонами! Не могу! Я сегодня окончательно это поняла!

— Как интересно! — хмыкнула Анна Никитична. — Варь, скажи, ты что, считаешь меня своим врагом?

— Мама, о чем ты?

— Тогда почему ты мне все время врешь?

— Что я вру? — побледнела Варя.

— А все! Ни в какой Норвегии ты не была!

— Мама!

— Этот олух Эммерих решил тебе подыграть? Его это развлекает? Дурища, я в твоей дорожной сумке обнаружила билет в Москву и обратно! Норвегия, ха! И сколько людей в свое дурацкое вранье вовлекла! Режиссера даже! Ты что, решила, что я лягу на пороге и буду кричать: только через мой труп? Я, Варя, тебе не враг! Ты счастлива, что будешь сниматься? Значит, и я счастлива! Дуреха ты! А врать совершенно не умеешь, хоть и артистка! Значит, в Москве ты понравилась?

— Мамочка! — Варя кинулась матери на шею. — Мамочка, прости, прости меня, я просто от волнения совсем спятила!

— Ладно уж... Ну, а с Гудрун ты уже поговорила?

— Нет, завтра! Мамочка, если б ты знала, какой камень ты с моей души сняла! Мне сейчас так легко стало, так хорошо!

— Ладно, давай ешь и рассказывай, что в Москве было.

Варя, совершенно счастливая, все рассказала матери.

— Ну, а как тебе Бурмистров? Такой красавец!

— Знаешь, я так испугалась, когда он появился, весь такой роскошный, уверенный в себе — словом, звезда. Но он так по-доброму ко мне отнесся, помог здорово, если бы не он, не знаю, справилась бы я...

— Смотри, не влюбись!

— Да нет, мама, это не мое...

— А скажи, откуда ты взяла эти норвежские подарки? — со смехом спросила Анна Никитична.

— Эммерих слетал в Норвегию!

— Ничего себе! Здорово же он тебя любит... И денег за подарки не взял?

— Нет, я предложила, а он обиделся.

— Вот что значит четвертушка славянской крови!

— Мама!

— Ладно, я пошутила. А жить где будешь?

— Квартиру снимут.

— Хорошо. Только смотри, будь осторожна.

- В каком смысле?

— Во всех! Помни, что, кроме кино, у тебя есть сын и мать. И постарайся не заводить киношных романов.

— Мам, ты думаешь, у меня будет время на романы? Да там съемочные дни по двенадцать-четырнадцать часов, практически без выходных, какие романы! К тому же у меня совсем нет опыта, мне всему надо еще заново учиться, что тут в голову полезет! И потом, Эмми сказал, что намерен работать с какой-то русской фирмой и будет приезжать...

— С ума сойти! Вот увидишь, он на тебе непременно женится, если ты станешь звездой!

— Мам, зачем тебе нужен зять Эммерих?

— Он хороший малый и, кажется, действительно тебя любит!

— Мамочка, но я не хочу замуж!

— А я хочу, чтобы ты была замужней женщиной! Но главное, я хочу, чтобы ты запомнила — ни я, ни Никита никогда не вернемся в Россию, никогда!

— Мама, я тоже не собираюсь!

— Ох, вот в этом я не уверена. Но ничего, будешь жить на две страны, сейчас многие русские так живут, не страшно. Ну, чего ты не ешь? Расслабься, я на твоей стороне!

Гудрун рвала и метала.

— Ты ненормальная! Зачем тебе это? Думаешь сделать карьеру? Да что это за карьера! Кто знает русских артистов? Я вот, например, ни одного не знаю! И ради этого ты бросаешь хорошую перспективную работу! Ты просто дура!

— Гудрун, не кричи! Пойми, это мой шанс! А что меня не будут знать в Европе, так мне плевать! Мне вполне хватит российской аудитории!

— Пф! Небось, надеешься, что тебя заметят и позовут в Голливуд?

— Даже в мыслях не держала! Какой Голливуд, зачем?

— Только не думай, что я опять возьму тебя на работу. Не надейся. Мы, конечно, подруги, но дело прежде всего!

— Гудрун, милая, я надеюсь совсем на другое!

— Надеешься, что Эммерих на тебе женится?

— Нет! Я надеюсь, что в Москве у меня и потом будет работа, вот! Я так изголодалась по такой работе... Я даже во сне иногда видела, что играю на сцене, в кино... И сейчас я так счастлива, что буду играть... Со мной снимаются замечательные артисты, ну, по крайней мере два, с которыми я успела познакомиться. И сценарий такой роскошный! И роль — мечта!

— Ладно, что я могу сказать? Езжай! Но поработай, пока я не найду тебе замену.

— Конечно, только я должна уехать не позднее восьмого марта.

— Я поняла! — сухо ответила Гудрун.

Никита был в восторге.

— Мама, а ты меня возьмешь на съемки?

— До съемок пока далеко! Сперва будет подготовительный период, репетиции, ничего интересного, а дальше посмотрим.

— Круто! Я рад за тебя, мамочка! Ты будешь знаменитой!

— Еще рано об этом говорить и даже думать. А вдруг я провалюсь?

— Ну вот еще! Почему это ты провалишься?

— Кто знает...

— Мам, ты, что ли, боишься?

— Что ли, боюсь!

— Странно... Мне казалось, ты такая храбрая. Экстремальным вождением занималась, на лыжах по черным трассам гоняешь...

— Это другое, Ника!

— Не называй меня Никой, это девчачье имя. Я Ник, или Ники!

— Ладно, Ники. Все, пора на боковую!

— Мамочка, ты не бойся, я буду все время тебя ругать!

— За что? — не поняла Варя.

— А бабушка, когда у меня экзамен был, сказала: я буду тебя ругать. Это такая русская примета.

— А, поняла! А ты меня ругать будешь по-русски или по-немецки?

— А как надо? — серьезно спросил Никита.

— По-русски, наверное.

— Я буду и так и так, хуже ведь не будет?

— Это точно!

В Москве Варю опять встречала Надежда Михайловна.

— Варюш, квартира освободится только послезавтра, пока поживешь у нас.

— Спасибо вам!

— Ну как, дома все уладилось?

— Да, вполне.

— Вот и чудно! Кажется, все складывается неплохо. Но Сеня, как всегда в такие моменты, сходит с ума. Ему все время мерещится, что он ничего не успеет, все сорвется, развалится, он на всех орет, так что не обращай внимания. Он и на тебя может наорать... Вообще, имей в виду, на площадке и он и Борис Аркадьевич постоянно орут.

— Кто это, Борис Аркадьевич?

— Главный оператор. Тоже крикун, не приведи господь! Так что не принимай эти вопли на свой счет, кстати, Сеня сам просил тебя предупредить... Сказал, она девочка нежная, незакаленная в наших баталиях...

— Ничего, как-нибудь, — с умилением улыбнулась Варя. — И я вовсе не такая мимоза...

— Это хорошо, а то у нас тут в кино всякое бывает! Да, Варюш, я хотела спросить, у тебя в Москве наверняка есть какие-то друзья, родственники?

— Ну, есть в общем-то...

— Советую прямо сегодня с ними созвониться, встретиться, ну и завтра еще, а потом уже минутки спокойной не будет. Сеня намерен с тобой работать, как он выражается, «выковыривать артистку»!

— Здорово! Мне это просто необходимо — выковыривать! — счастливо засмеялась Варя. — А то на съемках начну тормозить, не дай бог! А сегодня я хочу попробовать найти свою сестру.

— Родную?

— По матери. Я не знаю, что у них произошло... Мама о ней даже слышать не хочет... И не рассказывает. Но она мне все-таки сестра, и я хочу понять, что между ними было. Мама все время называет меня единственной дочерью, а это нехорошо, неправильно! — Варя и сама не понимала, отчего вдруг разоткровенничалась с Надеждой Михайловной.

— А сестра? Она с тобой не связывалась?

— Нет, то-то и оно... как-то странно все это... Мне в тот момент было не до того, у меня убили мужа...

— Как убили? — ахнула Надежда Михайловна.

— Какой-то наркоман, на улице...

— Ох, извини, Варежка!

— Да ладно... Просто я тогда ничего не соображала, мама ко мне насовсем перебралась, мы всю жизнь по-новому устраивали, она сказала, что не желает об этом говорить... Я тогда приняла ее позицию, а потом, когда стала ее все-таки спрашивать, она наотрез отказалась обсуждать эту тему. Но теперь я хочу понять... Сестра все-таки...

— И ты не знаешь ее координат?

— Нет. Нашу квартиру мама продала, сестра вышла замуж, и я даже не знаю ее фамилии теперь...

— Как же ты будешь ее искать?

— Найду ее подруг... Или зайду на «Одноклассников», мало ли...

— Да, в самом деле... А кто ее муж?

— Понятия не имею.

— Вот так история... А знаешь, тут есть материал для сценария...

Варя рассмеялась.

— Что ты смеешься? Если не материал, то хотя бы зацепка! И вот еще что... У меня есть один хороший знакомый, у него частное детективное агентство. Он в два счета найдет твою сестру и возьмет совсем недорого. Я писала сценарий о таком агентстве, и мы подружились. Это для него плевое дело, а ты не будешь зря время терять на поиски.

— Надежда Михайловна, и вправду!

— А хочешь, прямо сейчас к нему завалимся и, как теперь выражаются, «озадачим», а?

— А можно?

— Да запросто, тем более Сени дома нет, нам спешить некуда.

— Здорово! Чего зря время терять?

— Сейчас ему позвоню! Алло, Виктор Дмитриевич? Да, я! Слушай, Вить, тут такое дело...

— Надя, говори быстрее, у меня клиент!

— Я могу сейчас к тебе заехать? По делу!

— Валяй! За Сеней следить надумала?

— Еще чего! — засмеялась Надежда Михайловна. — Я пока не спятила! Ладно, приеду, поговорим. Ну вот, Варежка, он нас ждет! Думаю, к вечеру у тебя уже будет адрес сестры.

— Невероятно! Спасибо вам, вы мой ангел-хранитель!

Надежда Михайловна улыбнулась и потрепала Варю по плечу.

Виктор Дмитриевич Кулешов уже ждал их.

— Надежда, рад видеть! Что, опять сценарий про меня писать вздумала?

— Да нет, хватит с меня детективщины, надоело! У меня дело другого рода, собственно, не у меня, а вот у Варвары.

— Что, Варвара, муж изменяет?

— Да нет, я не замужем.

— И не выходите, не советую! А то, в детективном агентстве работая, разочаровываешься полностью в семейных ценностях. Ладно, кроме шуток, я вас слушаю!

Варя быстро изложила суть дела. Кулешов все записал.

— Дело пустяшное. К вечеру найду я вам вашу сестрицу, не выходя из комнаты. Предложил бы вам тут обождать, но у меня места мало, а через двадцать минут придет новый клиент. Короче, я позвоню, как только будет результат.

— А сколько я вам буду должна?

— Нисколько! За такие пустяки по Надиной протекции я денег не беру. Вот только если еще кому-то мои услуги понадобятся, вы уж будьте так любезны, порекомендуйте меня!

— Но это неудобно...

— Очень удобно! И еще — когда будет премьера вашего фильма, уж не сочтите за труд меня известить, а то я телевизор просто так не смотрю!

— Можешь не сомневаться, Витя! И еще на премьеру в Дом кино позовем!

— А разве телефильмы там показывают? — удивился Кулешов.

— А у нас будет еще и киновариант!

— С удовольствием приду, посмотрю и еще выпью на банкете за ваше здоровье!

— Ну вот, Варежка, дело на мази! — сказала Надежда Михайловна, садясь в машину.

— У меня нет слов!

Кулешов не обманул. Через два часа он позвонил.

— Варвара, записывайте. Фамилия мужа вашей сестры Пирогов, звать Иван Константинович, он бизнесмен богатющий, живет на Рублевке — короче, владелец заводов, газет, пароходов. У них дочка четырех лет по имени Алла. Телефоны следующие...

Варя аккуратно все записала.

— Спасибо вам огромное, Виктор Дмитрич!

— Ваша сестра гламурная штучка, сведения о ней можно регулярно черпать из желтой прессы. Вот, пожалуй, и все. Удачи вам во всем, Варвара! И привет Надежде!

— Ну что?

— Марьянкин муж какой-то мистер-твистер!

— Ну и хорошо, значит, она ни в чем не нуждается.

— И ни в ком, похоже... Может, и звонить не стоит, а то еще подумает, что мне что-то нужно...

— Варежка, не надо так плохо думать о людях, даже богатых. Деньги не всегда людей портят! И потом, ты точно знаешь, что тебе ничего не нужно, но не знаешь, что произошло между мамой и сестрой...

— Да, вы правы...

— И звони прямо сейчас, а то начнешь раздумывать. Вот иди к себе в комнату и звони!

— Да-да, спасибо!

Варя пошла к себе и набрала номер. Ответил незнакомый женский голос.

— Могу я поговорить с Марьяной?

— А кто спрашивает?

— Это ее сестра, Варвара.

— Одну минуточку!

Варя слышала в трубке приглушенные голоса.

— Варька, ты?

— Марьянка! Привет!

— Привет, как ты?

— Да хорошо! Вот, приехала в Москву, решила тебя найти и нашла...

— А ты надолго в Москву?

— Да порядочно, у меня тут съемки...

— А где ты остановилась?

— Пока у режиссера, а послезавтра переберусь на квартиру. Ужасно хочу тебя увидеть...

— А ты все-таки своего добилась? Снимаешься?

— Только собираюсь, это вообще волшебная история.

— А что ты сейчас делаешь? Может, я пришлю за тобой машину? Переночуешь у нас... Завтра ты еще свободна?

— Завтра да! Полдня, во всяком случае!

— Вот и отлично, говори, куда машину прислать! Ой, Варька, как я рада! А как там... мама?

— Хорошо! Все расскажу при встрече.

Варя вышла из комнаты с сияющим лицом.

— Порядок? — спросила Надежда Михайловна.

— Кажется, да! Спасибо вам, Надежда Михайловна!

— На здоровье! Значит, умчишься прямо сегодня? Только завтра к вечеру все же вернись, а то Сеня меня с потрохами съест!

— За что?

— Варя, он полагает, что артист должен принадлежать ему безраздельно! Но не волнуйся, ты еще не начала сниматься и даже репетировать, так что пока свободна. К тому же его нет дома.

Машина за Варей пришла очень быстро. Она расцеловала Надежду Михайловну и побежала вниз. Ее ждал черный громадный джип, помимо шофера приехал еще и охранник. Оба были безукоризненно вежливы и молчаливы. От присутствия охранника Варе было как-то не по себе. Зачем ей охранник? Смешно!

Но вот джип наконец въехал в ворота. Дом был огромный. Охранник открыл дверцу, подал Варе руку. И тут на крыльцо в накинутой на плечи шубке выскочила Марьянка.

— Варвара, какой кайф! — взвизгнула она и повисла на шее сестры. — Какая ты умничка, что позвонила! Идем скорее в дом.

— Да это целый дворец! — засмеялась Варя.

— Ну и фиг с ним! Пошли скорее! Жалко, Алуська уже спит! Она у меня такая хорошенькая, просто загляденье! Ой, Варька, какая ты стала... Дай поцелую! Я так рада, жалко мужа сейчас нет, он в отъезде... Вот, гляди, какой дом...

— Красотища! Это ты все сама обставляла?

— Конечно! Терпеть не могу дизайнерские дома, по-моему, в них жить неуютно! А это Рассел! Не бойся, он не тронет!

От камина к ним медленно приближался громадный, но совершенно нестрашный пес.

— Что за порода?

— Филу бразилейра. Можешь погладить... Варька, ты голодная?

— Нет, спасибо.

— Может, выпьем по коктейлю? Или коньячку? Хотя, я помню, ты не любила коньяк! Может, джину с тоником?

— Давай!

— Варь, ну расскажи... про маму! Как она? Здорова? Замуж не вышла?

— Нет... Но она здорова, воспитывает Ники, ведет хозяйство, у нас хороший дом, ну, то есть по-сравнению с твоим — это домишко, но нам хватает. У нее есть друг, врач-офтальмолог... Так что...

— Здорово! Ну а ты?

Варя рассказала сестре, что с ней произошло.

— Офигеть! Как в сказке! Рада за тебя! А скажи...

— Погоди, Марьяша, я хочу все-таки понять, что между вами произошло? Почему мама даже слышать о тебе не хочет? Что ты ей сделала?

Марьяна вспыхнула.

— Она тебе не рассказала?

— Нет! Но я хочу понять!

— Может, не стоит, раз она ничего не говорит...

— Нет, стоит! Я должна это знать!

— Зачем?

— Затем, что она моя мать, а ты моя сестра! Что ты ей сделала?

— Тебе станет легче?

— Да!

— Ну что ж... Я отбила у нее мужика!

— Что?

— Что слышала! Да, отбила и вышла за него замуж! И счастлива с ним, а он со мной!

— Господи... как ты могла?

— Да он все равно бросил бы ее... Она для него стара... И он не любил ее, раз так легко бросил...

— Но она, значит, любила его... Я даже не знаю, что сказать! С ума сойти можно!

— Ты в шоке?

— Да, если честно, мне такое и в голову не вскакивало! И ты, значит, счастлива, и совесть тебя не мучает?

— Ни капельки! Я как увидала его, с катушек слетела, влюбилась, как ненормальная... Помню, подумала тогда: зачем ей такой? И ему такая старая не нужна...

— И он в тебя сразу влюбился?

— Нет, он не сразу... Его-то как раз совесть мучила... Но потом он сдался, с потрохами... Скажи, Варь, а что она сказала, когда узнала, что ты едешь в Москву? Запретила тебе со мной встречаться?

— Нет. Просто пожелала мне удачи, своей единственной дочери, так она сказала.

— Ни фига себе мать! Не прощает родной дочери мужика!

— А ты бы простила?

— Откуда я знаю!

— А ты пробовала прощения просить?

— Нет, я боялась... А теперь уж все... поздно.

— Да, наверное... А впрочем, повиниться никогда не поздно...

— Варь, как ты себе это представляешь? Я должна пасть ей в ножки и рыдать: прости меня, мамочка? Это, Варька, была такая сумасшедшая любовь, за которую ничего отдать не жалко...

— Даже маму?

— Даже маму! Кроме того, я всегда была для нее на вторых ролях, она тебя больше любила!

— Не выдумывай!

— Ничего я не выдумываю! Просто твой отец умер во цвете лет, а мой бросил ее с ребеночком, вернее, уже с двумя, через год после моего рождения. Она обиделась, не простила его и перенесла эту обиду на меня. Она же вообще прощать не умеет. Никого и никогда! Помнишь тетю Женю, которая ее чем-то невольно обидела?

— Нет, не помню.

— А, это было, когда ты уже усвистела в свою Германию. Она работала с такой милой женщиной, тетей Женей...

— И что?

— А то, что тетя Женя... в чем-то, я уж и не помню, перед ней провинилась, ерунда какая-то была, но мама обиделась на нее капитально! Та уж и не знала, как с ней помириться, и прощения просила, и ко мне обращалась, ни в какую... А уж свою последнюю любовь и точно мне не простит.

— Странно, никогда такого за мамой не замечала. Я вот тут недавно ее обманула, она догадалась и только посмеялась... Странно!

— Так ты ж у нее любимица!

— Да что ты выдумываешь! Она нас одинаково любила! Она вообще справедливая...

— Ну не знаю... Может, у нее тогда климакс начинался, вот она и лютовала... Ладно, расскажи, у тебя кто-то есть?

— Есть.

— Там?

— Там, конечно. Он хороший...

— Значит, ты его не любишь!

— Не знаю!

— А ты вообще... у тебя была сумасшедшая любовь? Ну, такая, чтобы в омут с головой?

— Нет, такой нс было.

— А у меня была! И есть! Хочешь, я тебе его фотку покажу?

— Покажи!

Марьяна вскочила и взяла с камина портрет в деревянной рамке.

— Вот, смотри!

Мужчина на фотографии показался Варе очень немолодым.

— Интересное лицо! А сколько ему лет?

— Сорок восемь!

— Он почти вдвое старше тебя... Но моложе мамы на восемь лет.

— Именно!

— Поняла, теперь я все поняла.

— Варька, хватит об этом! Ваня мне не позволяет говорить о маме... Как ты думаешь, почему?

— Наверное, его мучает совесть!

— Вот и я так думаю... И это теперь мучает меня. Только не совесть, а ревность... Но я никогда и никому не могла бы в этом признаться, даже себе... Мне иногда так страшно бывает...

— Почему?

— Да я вот думаю, может, ко мне у него была только страсть... А любил он ее?

Сестра вдруг показалась Варе маленькой девочкой, запутавшейся в своих чувствах...

— Дуреха ты, Марьяшка! Любил бы он маму, не женился бы на тебе.

— Думаешь? Но ведь страсть... А страсть проходит!

— Живи спокойно, не вернется он к маме, она и вправду для него стара... У вас дочка. Он небось в ней души не чает?

— Не чает, — вздохнула Марьяна.

— И ты такая хорошенькая, молодая еще совсем.

— Ой, Варька, как хорошо, что ты меня нашла! Спасибо тебе! Слушай, а где ты собираешься жить? В гостинице?

— Нет, мне квартиру сняли в двух шагах от студии.

— Может, у нас поживешь? А? Дом большой, машину дадим тебе...

— Нет, Марьяш, спасибо, но это неудобно...

— Почему, очень даже удобно!

— Да нет, я не то имела в виду! Просто мне от студии пять минут пешком... А павильонных съемок будет очень много. Да по двенадцать-четырнадцать часов... куда тут ехать? А пока у меня тоже куча дел, так что спасибо!

— А с кем будешь сниматься?

— Ну, главный герой Бурмистров! А моего шефа играет Туманов.

— Здорово! Бурмистров такой красавец! И, кстати, в разводе! Правда, говорят, у него ужасный характер!

— Не знаю, какой у него характер, но он так мне помог на пробах!

— Да? Одна моя подружка с ним снималась, так, говорит, он просто монстр!

— Может, она к нему приставала?

— Ну, вроде да... Она в него тогда жутко втрескалась.

— Может, в этом дело?

— А ты не втрескалась? Он же такой... смертоубийственный!

— Нет, мне просто было с ним легко...

— Тогда, может, он в тебя втрескался?

— Перестань! Никто ни в кого не втрескался!

— Еще втрескаетесь! В Диму все втрескиваются.

— Так уж и все?

— Ну не все, но многие! А ты, Варька, интересная стала... И знаешь что...

— Что?

— Не буду я тебя с Ваней знакомить.

— Это еще почему?

— А он явно западает на женщин нашей семьи.

— Ты так шутишь?

— Еще чего! Просто я боюсь... Ты не обижайся, Варь, я серьезно... Мы с тобой будем видеться, но без него, ладно?

— Марьян, ты совсем дура?

— Дура, да!

— А как же ты мужу скажешь, что общаешься с сестрой? Он же удивится, что ты нас не знакомишь.

— А я не скажу, что ты сестра, скажу — подруга! А с моими подругами он вовсе не стремится знакомиться. Варь, ты не обижайся!

— На больных не обижаются!

Варя хотела сейчас же уехать, но, взглянув на часы, поняла, что Шилевичи уже давно спят, не будить же их среди ночи.

— Марьян, я спать хочу, день был трудный.

— Ну вот, ты все-таки обиделась... Неужели так трудно понять?

— Да поняла я все! Кстати, я не думала, что ты так в себе не уверена...

— А как быть уверенной, если муж такой интересный и богатый, знаешь, сколько на него охотниц?

— Но я не собираюсь на него охотиться! Мне он триста лет не нужен!

— А если не нужен, чего ты обижаешься?

— Ой, господи, Марьян, нельзя же так... Ты вот боишься, что он тебя бросит, а знаешь ведь: чего больше всего боишься, то и случается. Поэтому перестань! — Варю уже мутило от этого разговора, хотя ей было жалко младшую сестру.

— Да знаю я все это, мне мой психолог то же самое говорит.

— Ты ходишь к психологу?

— А у нас тут почти все ходят. А что, это помогает...

— Я что-то не заметила. Марьян, а ты работать не думала? Ты же вроде училась...

— Училась, да не выучилась. И Ваня хочет, чтоб я сама Алуську воспитывала. Ладно, давай сменим тему. Расскажи лучше что-нибудь про себя, про Никиту. У тебя его карточки есть?

— Есть. Вот смотри. — Варя достала из сумочки конверт с фотографиями.

— Ух, какой парень! Красавчик просто! А почему ты его русским именем назвала, отец же у него немец.

— Мама так хотела, а Гюнтер был согласен.

— Мама так хотела, надо же!

— А вот это Эмми!

— Эмми! — удивилась Марьяна.

— Ну, вообще-то он Эммерих!

— Шикарный мужик! Он кто, лыжный инструктор?

— Почему? — недоуменно взглянула на сестру Варя.

— А я таких в Давосе видала. И свитер у него вроде лыжный.

Совсем она, что ли, сдурела, подумала Варя. И рассказала сестре об Эммерихе.

— А он по-русски говорит?

— Ни звука! А что?

— Да так, просто спросила.

Разговор иссяк. У Вари слипались глаза.

— Ладно, ты уж носом клюешь, пошли, отведу тебя в твою комнату.

Комната оказалась просто роскошной, но у Вари уже не было сил восхищаться. Она прямо с порога начала раздеваться.

— Варь, тебе комната не нравится?

— Почему? Очень нравится.

— А что ж ты ничего не сказала?

— А что, обязательно громко восхищаться? Извини, не знала.

— Да ладно, спи!

— Марьян, мне утром надо в город!

— Когда?

— Ну, часам к одиннадцати.

— Ладно, отвезут тебя, не волнуйся!

Марьяна ушла, явно обиженная. Странная она какая-то стала, думала Варя, стоя под душем. Это, скорее всего, от безделья и неуверенности... Хотя такой дом, ребенок, муж, особо не побездельничаешь, даже несмотря на наличие прислуги. Или ее сглодало чувство вины? Да нет, непохоже! Подумать только, боится познакомить меня с мужем! Что ж это за жизнь?

Варя проснулась от ощущения, что на нее кто-то смотрит. Открыла глаза. Возле кровати стояла маленькая девочка, державшая за длинный хвост игрушечную обезьяну. Девочка была прехорошенькая, черноглазая, черноволосая, смугленькая.

— Привет, — сказала Варя. — Ты Алуся?

— Я Алуся, а ты кто?

— А я Варя!

— Что такое Варя?

— Как что? Ты Алуся, а я Варя, имя у меня такое.

— Тогда надо говорить — Варюся!

— Варюся? Можно и Варюся! Хотя мне больше нравится Варежка!

Девочка нахмурила бровки.

— Варежка — это такая перчатка!

— Да, но меня многие так называют.

Девочка широко улыбнулась.

— Я тоже буду звать тебя Варежкой, можно?

— Можно! А ты откуда взялась?

В этот момент в комнату вошла Марьяна.

— Уже познакомились? Алуська, ты зачем разбудила тетю?

Ох, а я ведь ей и вправду тетя, мелькнуло в голове у Вари.

— Она сама проснулась! Правда, Варежка?

— Что это еще за Варежка? Эту тетю зовут... Светлана! — выпалила Марьяна. — Тетю зовут Светлана, а Варежка ее прозвище, еще школьное, мы с тетей Светой в одной школе учились!

Варя сидела на кровати, открыв рот от изумления.

— Алусик, беги к Юле, скажи, мы через десять минут будем завтракать!

— А почему тетя сказала, что ее зовут Варя?

— Иди-иди, Алусик! Потом объясню!

Девочка выбежала из комнаты, волоча за собой обезьяну.

— Ты сошла с ума? — спросила Варя.

— Нет! Просто она скажет отцу, что приезжала тетя Варя... А я не хочу!

— Ну все, тогда я тоже не хочу! Вызови мне такси! И не волнуйся, твой муж меня не увидит и не услышит! С меня хватит этого идиотизма!

— Зачем такси, я дам тебе машину...

— А вдруг водитель догадается и скажет хозяину?

— Ты думаешь?

— О господи! Дай мне телефон такси, я сама вызову!

— Нет, ты сначала позавтракаешь, а потом поедешь на нашей машине!

— Да мне кусок в глотку не полезет! Марьяна, подумай, ты же сама себя загоняешь в ловушку!

— Ничего подобного, просто мне так спокойнее!

— Мне пора! Я не буду завтракать!

— Ну, как хочешь! — пожала плечами Марьяна. — В таком случае машина будет через пять минут.

Ровно через пять минут Варя спустилась. В холле ее ждала Марьяна.

— Может, все же позавтракаешь? — робко спросила она.

— Спасибо, нет. Марьяна, я очень сожалею, что причинила тебе столько неудобств, извини, не предполагала... Но впредь не волнуйся, ты обо мне не услышишь! Всего наилучшего!

— Варька, ну как ты не...

— Меня зовут Светлана, ты забыла?

— Варюша, что с тобой? — спросила Надежда Михайловна. — Какие-то неприятности? Как прошла встреча с сестрой?

— Дурдом! — только и смогла выдавить из себя Варя.

— Ты бледненькая! Завтракала?

— Нет, не могла...

— Пошли скорее на кухню. Сеня уже умчался. А я тоже еще не ела, только кофе выпила.

— Ой, а можно я вам все расскажу, вдруг вы мне объясните...

— Слушаю тебя, детка!

Варя во всех подробностях передала Надежде Михайловне разговор с сестрой.

— Ну, что скажете?

— Во-первых, твоя сестра просто дура! Набитая дура. Во-вторых, она, конечно, чувствует свою вину перед вашей мамой и, как следствие, боится кары. А худшей кары, чем уход богатого и, видимо, все-таки любимого мужа придумать не может.

— А что же мне-то делать?

— Плюнуть и растереть! Зачем тебе эта дура и эта дурь? Совершенно без надобности! Тебе сейчас надо о другом думать и заботиться.

— Да, наверное, вы правы... Господи, Надежда Михайловна, вы просто мой ангел-хранитель. Вот поговорила с вами, и легче стало, — улыбнулась Варя.

Надежда Михайловна чмокнула Варю в щеку.

— Я бы хотела, чтобы у меня была такая дочь! Но Бог мне детей не дал. Зато послал тебя. Ох, что-то много пафоса, так не годится! Я этого не люблю, Варежка!

Прошло несколько дней. Варя перебралась в снятую для нее однокомнатную квартиру. Предыдущая жиличка, тоже какая-то артистка, оставила ей в наследство жуткую грязь и беспорядок. Сутки Варя драила полы, стены и сантехнику. Вымоталась здорово, но зато квартира приобрела жилой вид. Ничего, я еще здесь уют наведу, надо занавески в кухне повесить, цветочков купить и позвать на новоселье Шилевичей. Но из всего намеченного осуществить удалось только покупку цветочков. У метро она купила несколько кустовых гвоздичек, поразившись дороговизне цветов в Москве. На большее времени уже не было, она включилась в работу. Семен Романович долгими часами «выковыривал» из нее артистку, еще она брала уроки айкидо, одним словом, готовилась к съемкам. Семен Романович частенько на нее кричал и, если был ею сильно недоволен, заканчивал свои крики одной фразой: «Артистка, блин!» И все-таки она чувствовала, что все не зря. Он не давал ей впадать в уныние.

— Ну, чего губы надула? Обиделась нешто? Ты, голуба моя, не имеешь права обижаться, нет у тебя пока такого права! И заслуг пока ноль! Я из тебя, чертова кукла, сделаю человека, а пока ты слушай, что тебе говорят! Ишь, губки надула! И чтоб не реветь! Чем дуть губы-то, лучше б закусила губу и решила: ах так? Ничего, я этому старому хрычу еще покажу! Он еще будет мной гордиться! А нюни распускать последнее дело, поняла? Артистка, блин!

Вскоре она привыкла и к его крикам и к сумасшедшему ритму новой жизни. Домой добиралась поздно и замертво падала в постель. Вставала в шесть, час изнуряла себя гимнастикой, что-то перехватывала и мчалась на занятия. Как-то, войдя в лифт, посмотрела на себя в зеркало и удивилась. Она выглядела потрясающе! Просто я живу своей жизнью, наконец-то живу своей жизнью!

Еще через неделю она вернулась домой в половине двенадцатого ночи и, выйдя из лифта, увидела, что у ее двери стоит какой-то мужчина и звонит, неотрывно держа палец на кнопке звонка. Второй рукой он упирался в притолоку. Варя испугалась.

— Простите, вы ко мне? — наконец решилась она.

Он резко обернулся. Варя поняла, что он здорово пьян. Лицо у него было простое, даже простецкое, но незлое, нестрашное. Одет он был дорого и элегантно.

— Ты кто такая?

— А кто вам нужен?

— Верка!

— Какая Верка?

— Верка-сука!

— Вы ошиблись, здесь нет никакой Веры!

— А куда ж она подевалась?

— Ах, вам, вероятно, нужна девушка, которая тут жила до меня? Так она уехала!

— Куда?

— Ну, я не знаю. Только тут ее нет!

— Она что, спятила?

— Я и этого не знаю, возможно, и спятила. А вы не будете так любезны отойти от двери? Я устала и хочу спать.

— Со мной?

— Да боже сохрани!

— Почему это? Со мной знаешь, сколько баб спать хотят? А меня тошнит...

— Послушайте, это ваши личные проблемы, мне до них нет дела, я просто хочу попасть домой!

— Мои личные проблемы? Знаешь, сколько у меня этих личных проблем? Чертова уйма, это я еще при дамах так выражаюсь, а вообще-то... А, я понял, ты меня презираешь?

— С какой стати мне вас презирать? Я вас первый раз в жизни вижу!

— Так уж и первый!

— Конечно, первый.

— То есть ты хочешь сказать, что не знаешь, кто я?

— Да понятия не имею! Пожалуйста, очень вас прошу, пропустите меня.

— Я Стас Симбирцев!

— А почему я должна вас знать?

— Потому что я охренительно популярный артист! И охренительно популярный персонаж желтой прессы. Стас Симбирцев набил морду такому-то! Стас Симбирцев устроил дебош в вагоне! Ну и все в таком роде, неужели не читала?

— Простите, но я приехала из другой страны...

— Правда, что ль?

— Истинная правда!

— А в тебе что-то есть... — Он икнул. — Ох, прости, я выпил лишнего...

— Хотите, я вызову вам такси?

— Хочу! Нет, не стоит, потом скажут, что я заблевал такси...

— Вы собираетесь тут блевать?

— А я вообще не блюю, я умею пить. Слушай, а чего мы тут стоим? Пригласи меня в гости, дай супчику, я протрезвею и уйду, или лучше посплю, хоть на коврике!

В этот момент открылась дверь соседней квартиры и появился пожилой мужчина в халате.

— Стас, имей совесть!

— Ой, дядя Женя!

— Пропусти девушку и идем ко мне, я позвоню твоим, и отец за тобой приедет.

— Дядя Женя, вы человек! А рюмочку нальете, совсем маленькую, с наперсточек? — Он забыл о Варе и шагнул в соседнюю квартиру. Она с облегчением вздохнула и вставила ключ в замочную скважину.

— Девушка, как вас зовут? — донеслось до нее.

— Иди уже, иди, звезда, у меня не позвездишь.

И дверь за ними захлопнулась.

— Фу, — сказала Варя, войдя к себе. Надо ж так надраться! Странно, что-то я о таком артисте не слыхала... Он, наверное, в сериалах снимается...

Семен Романович объявил, что сегодня у них с Надеждой Михайловной серебряная свадьба. Варя огорчилась.

— Семен Романович, что ж вы раньше не сказали?

— Веришь, забыл! Начисто! Такая стыдоба! Мне Надюха сегодня утром напомнила... Что делать, а?

— Вы собираетесь как-то это отметить?

— Только символически, в самом узком кругу. Надька позвала самых наиближайших, и тебя велела позвать! Наверное, надо какой-то подарок купить, а?

— Хорошо бы...

— Но что это может быть, ты не в курсе?

— Я думаю, что-то серебряное...

— Серебряное? А что, колечко? Это как-то жидко: на такую дату серебряное колечко...

— Нет, я думаю, какую-то серебряную штучку для дома, может, ложки или вазочку...

— Ложки — это пошло! А вазочку... Да, но где это покупают? В ювелирном?

— Скорее уж в антикварном.

— Да? Варежка, поехали со мной, поможешь, я в таких делах ни хрена не смыслю.

— Но я совершенно уже не знаю московских магазинов, тем более антикварных...

— О, я, кажется, придумал, сейчас позвоню. Хотя нет, нельзя, а то эта баба захочет припереться в гости, а Надюха не велела... Черт побери, кто это придумал, какие-то бездельники! Какая, хрен, разница, почему нельзя подарить просто золотое колечко или часики, почему непременно серебро?

— А вы посмотрите в Интернете.

— Что посмотреть?

— Московские магазины, торгующие старинным серебром.

— Черт, почему мне это в голову не пришло?

Во втором по счету антикварном магазине была куплена прелестная сахарница в виде шкатулочки на ножках-шариках и с малюсенькой замочной скважиной. Семен Романович сиял.

— Варюха, ты человек! И вкус у тебя отличный! Знаешь что, давай зарулим в какую-нибудь кафешку, мне необходимо выпить кофейку! Согласна?

— С удовольствием! У меня сегодня отменилось айкидо.

— А как успехи, кстати?

— Говорят, я способная.

— Отлично!

В кафе Варя спросила:

— Семен Романыч, скажите, вы знаете такого артиста Симбирцева?

— Стаса? Кто ж его не знает! А что?

— Да ничего, просто вчера кто-то о нем упомянул, а я не знала... — Ей не хотелось рассказывать о не слишком красивой сцене.

— Правда, не знаешь? Потрясающе талантливый парень! Сумасшедше талантливый и сумасшедше обаятельный. Одна беда — пьет как сволочь! И допьется... Вечно во что-то влипает, весь уже поломанный... Боюсь, долго не проживет, типично русский артист...

— Западные артисты тоже пьют как лошади или на наркотиках сидят...

— Кстати, я пригласил его в наш фильм, роль второго плана, но это именно то, что надо! Так что имеешь шанс лично познакомиться...

— А кого он будет играть? — удивилась Варя.

— Никитина.

— Да? — удивилась она еще больше.

— Представь себе! Он все может играть. Ну, или почти все. Кстати, смотри, не влюбись в него!

— Господи, зачем мне русский пьяница? — засмеялась Варя.

— Да, только ведь любовь такая штука... Впрочем, если охота придет втюриться, лучше в Димку. Он, конечно, тоже пьет, но все же не так безбожно... Кстати, у наших прохиндеев...

— Каких прохиндеев? — не поняла Варя.

— У продюсеров. У них есть мысль запустить поближе к концу съемок уточку, якобы у вас с Димкой роман...

— Для рекламы?

— Конечно! И тебе это на пользу пойдет, так что...

— Да пусть, мне не жалко! — рассмеялась Варя.

— Ну вот, попила кофейку, посидела как человек — и сразу расцвела, аки розан!

— Семен Романович, миленький, я тут на днях посмотрела на себя в зеркало.

— И что ж ты там такое увидела?

— Я увидела женщину, которая в тридцать лет вдруг начала жить своей жизнью! Понимаете, своей!

— А до сих пор не своей, что ли, жила?

— Да, именно! И это все — мое! И хоть тяжело иногда до ужаса, и сил нет, и уверенности в завтрашнем дне никакой, а все равно...

— Я в тебе не ошибся, Варежка! И все у тебя получится, конечно, если мужик какой-нибудь не встрянет... Варь, мне Надюха говорила, у тебя там в Альпах твоих есть кто-то?

— Есть, а что?

— Держись его. С европейцами как-то спокойнее.

— Семен Романыч, да не нужны мне мужики, не до них мне сейчас! Мне работать надо, зарабатывать, у меня же мама и сын... До романов ли тут?

— Правильно мыслишь. И вообще, я сейчас добрый, скажу тебе — я тобой доволен.

— Ох, спасибо вам! Знаете, как мне это важно!

— Только ты не расслабляйся! А то знаю я вашу сестру. Похвалишь вас, а вы и расслабитесь.

— Нет, я не расслаблюсь, Семен Романыч!

У Шилевича в кармане зазвонил телефон.

— Надюха? А мы с Варежкой кофе пьем! Подарок тебе купили! Хорошо, договорились! Варежка, Надюха спрашивает, можем мы прямо сейчас приехать?

— Семен Романович, у меня есть еще одно дело, ну на полчаса примерно, и я примчусь. А вы езжайте!

— Так, может, тебя подбросить?

— Нет, тут недалеко. Я, как говорится, в одно касание! А вы поезжайте! И так уже проштрафились, забыли про такую дату! Да, и обязательно по дороге купите цветы!

— Молодчина, что напомнила! А какие купить?

— Думаю, тюльпаны! Очень много тюльпанов!

— Понял!

Варя вернулась в антикварный магазин, где заранее приглядела красивую корзинку для конфет или печенья и даже успела пошептаться с продавщицей, чтобы та отложила для нее эту вещь. Еще она купила букет фрезий, они так чудесно пахнут!

Правда, одета я непразднично, спохватилась она, ну да ладно, это не моя дата, к тому же Семен Романович сказал, что все будет более чем скромно. Наверное, придется еще помогать на кухне.

И Варя помчалась к Шилевичам. Она полюбила этих людей и их уютный, хоть и безалаберный дом.

Вечер прошел очень весело и мило. Гостей все-таки набралось порядочно, все с любопытством смотрели на Варю и, как ей показалось, вполне доброжелательно. Из знакомых ей были только Борис Аркадьевич, оператор, и Алексей Иванович.

В разгар ужина Борис Аркадьевич вдруг обратился к хозяину дома:

— Сеня, слыхал, Симбирцев опять дебош устроил! Надрался как сволочь и дал кому-то в рыло! А пострадавший вроде собирается в суд подать.

— Черт знает что! — воскликнул кто-то из гостей. — Вот скажи, Надька, чего так его колбасит? Вроде все у парня хорошо: и родители, слава богу, живы-здоровы, и снимается он как подорванный, и бабы не переводятся...

— Вася, друг ты мой, почему артисты пьют! Тоже мне вопрос! Стресс снимают, усталость... Что тут поделаешь... А Стаса жалко! Такой талант редкий!

— Сеня, ты не передумал его снимать? — спросил Борис Аркадьевич.

— Ну вот, если б я обращал внимание на такие штуки... И потом, кто лучше него эту роль сыграет? Но у меня жестко, ты ведь знаешь. Предупрежу — если хоть раз нажрется во время съемок, я с ним распрощаюсь без сожалений. На многих действует! Димка вот тоже отнюдь не трезвенник, но дисциплина железная, я его сколько снимал, ни разу меня не подвел. Кстати, сегодня Варя меня о Стасе спрашивала. Видишь, Варежка, как все обстоит...

Домой Варю подвез Борис Аркадьевич, он капли в рот не брал.

— Варюха-горюха, помнишь, откуда это? — вдруг спросил он. Борис Аркадьевич любил огорошивать артистов такими вопросами.

— Вроде бы из «Поднятой целины».

— Обалдеть! Ишь, чего знаешь... А кто написал «Князя Серебряного»? — хитро прищурился он.

— Алексей Константинович Толстой.

— Ну надо же! А «Волшебную гору»?

— Томас Манн!

— Интеллектуалка, да? — как будто даже огорчился Борис Аркадьевич.

— Ой нет, просто мама в детстве внушала, что стыдно не знать таких вещей.

— Ишь, какая у тебя мама... А теперь никому за невежество не стыдно... Знаешь, я тебя так сниму! Будешь самой красивой артисткой!

— Блин? — рассмеялась Варя.

— Что?

— Ну, Семен Романыч, когда на меня орет, всегда завершает свои крики фразой: «Артистка, блин»!

Борис Аркадьевич расхохотался.

— Да, у Сеньки и вправду глаз-алмаз! Чует мое сердце, все у тебя получится! Я тоже в вашем брате-артисте кое-что смыслю...

— Все, приехали! Спасибо вам огромное.

— Погоди, Надюха говорила, у тебя сынок есть.

— Есть.

— Скучаешь?

— Ужасно! Правда, мы с ним почти каждый день по скайпу общаемся.

— А с кем же он там?

— С моей мамой.

— Это хорошо, твоя мама, похоже, умеет детей воспитывать. Ладно, беги, выспись по возможности. Любовника еще не завела?

— Какого любовника! Мне не до них. Ну, еще раз спасибо и спокойной ночи!

— Кстати, помни, для артистки сон — первое дело.

— А я думала талант первое дело, — улыбнулась Варя, открывая дверцу.

— Талант талантом, а выспаться надо!

— Спасибо, я высплюсь, мне только бы до подушки добраться!

— Ну беги, беги! Надо же, про «Волшебную гору» знает. Постой, Варь!

Она обернулась.

— А «Поэму экстаза» кто написал?

— Скрябин! — расхохоталась Варя и вбежала в подъезд.

— Ни фига себе девка! — пробормотал под нос Борис Аркадьевич.

Но на сей раз Варя никак не могла уснуть. Ворочалась, вскакивала, пила воду с медом, ничего не помогало. Почитать бы, но книг у нее с собой не было, а купить она не удосужилась, некогда было. Предыдущая жиличка оставила только какую-то книжку, вернее, брошюру о борьбе с целлюлитом. Почему я ее не выбросила? Она встала и выкинула брошюрку в мусорное ведро. Потом открыла компьютер, заглянула в почту. Там оказалось письмо от Эмми. Он писал: «Дорогая моя Барбара, я страшно скучаю, но в Москву вырваться не получается, туда же нужна виза, а это канитель и запланированное мероприятие, вот так вдруг не вырвешься. Я, конечно, постараюсь получить мультивизу, и вот тогда... Правда, история с русскими партнерами не выгорела, но это неважно. На днях заезжал к фрау Анне, видел Ники, он здоров и весел, говорит, что не очень скучает, так как почти ежедневно общается с тобой по скайпу. Я тоже хочу! Свяжись со мной, будь добра. Фрау Анна сказала, что ты просто зверски занята, поэтому я не стану тебя тревожить, а будет минутка, прояви инициативу! Целую будущую кинозвезду в нос, ну и во все остальные места, разумеется, тоже. Вечно твой, смертельно скучающий Эмми».

Странно, подумала Варя, я почему-то совсем по нему не скучаю... А это свинство. Но я же так занята! И вдруг, сама того не желая, она набрала в поисковике: Стас Симбирцев. И сразу увидела сообщения о драках, дебошах и беспробудном пьянстве знаменитого артиста. Ее замутило. Нет, не хочу, зачем мне сдался этот алкаш? Она со злостью на себя выключила компьютер и легла спать. Последней ее мыслью было: а красиво звучит: Стас Симбирцев!

Наконец начались съемки! Подготовительный период показался Варе просто раем! Там хоть была смена деятельности, а тут съемки по двенадцать-четырнадцать часов. Семен Романович на всех орал, и Варе казалось, что больше всех он орет на нее.

— Я, конечно, понимаю, у тебя нет опыта, но чего ты так деревенеешь перед камерой? Это твоя профессия, раскрепостись, дурында! Дима, ну хоть ты ей скажи!

— Варюш, в самом деле, чего ты зажалась? Тебя тут никто не съест! Ты же можешь, я точно знаю, что можешь! Забудь обо всем, играй, пойми, чудачка, тут или пан или пропал! Ну, взорвись, вызверись на меня, это же несложно! — нашептывал ей Бурмистров, с которым она по сценарию должна была поссориться. У нее это никак не получалось. — Ну, давай, съезди мне по морде, ну, живее, черт тебя побери! — Он незаметно для всех вдруг больно ущипнул ее за попу.

Это подействовало! Она возмутилась, обиделась, глаза вспыхнули, и она отлично сыграла сцену.

— Молодец! — крикнул Шилевич. — Можешь ведь. Давай, еще дублик!

Второй раз Варю щипать уже не пришлось.

Изумительные зеленые глаза Димы смеялись.

— Спасибо, — шепнула Варя.

— Не за что, мадам. Обращайтесь!

Варя подружилась с гримершей Лизой. Милая, острая на язык девушка сразу расположилась к ней.

— Ты, Варь, не похожа на наших. Злости в тебе нет и самомнения дурацкого. А то придет такая звездулька, ничего, кроме смазливой рожи и богатого любовника, а тоже полагает о себе! Тебе, конечно, мегаповезло!

— Что? — не поняла Варя.

— Ну, теперь так говорят, все — мега! Мегазвезда и все такое.

— А, поняла! Я знаю, что мне мегаповезло! Я ведь уж крест на себе поставила. Думала, никогда...

— Варь, а как тебе Димон?

— Он классный! Так мне помогает! И красивый такой...

— Красивый, с этим не поспоришь, но бабник жуткий.

— Ну еще бы! А по-моему, это неплохо.

— Что неплохо? Что бабник? — поразилась Лиза.

— Конечно!

— Это не просто плохо, это мегаплохо! У меня муж был бабник, я с тех пор зареклась дело с бабниками иметь, да и с артистами вообще...

— Варвара, на площадку!

— Бегу!

В перерыве, когда Варя ела очередной йогурт, к ней подошла Нина Мурадян, исполнительный продюсер.

— Варя, возник вопрос насчет фамилии.

— Какой фамилии? — не поняла Варя.

— Ну, как в титрах писать будем: Барбара Шеффнер? Или Варвара Шеффнер?

— Ну, я не думала... честно говоря. В России лучше Варвара.

— Знаешь, а может, лучше девичью фамилию возьмешь? Как твоя девичья фамилия?

— Лакшина.

— Варвара Лакшина, а что, отлично звучит... Я бы советовала Лакшину. В России Варвара Лакшина больше сердец привлечет.

— Сердец? — Варя крайне удивилась такому подходу со стороны продюсера.

— Да, — рассмеялась Нина, — наверное, я плохой продюсер, все насчет сердец беспокоюсь.

Варе это страшно понравилось.

— Отлично, значит, запускаем информашку, что в главной роли Варвара Лакшина. Все, я побежала.

— Нина, погоди! А Семен Романович в курсе?

— Да ты что! Ему не до этого, во-первых, а во-вторых, его эти вопросы вообще не касаются.

— Да? — в очередной раз поразилась Варя. Она по старинке считала, что режиссер — это царь и Бог.

Предстояли съемки на натуре. Весна была уже в полном разгаре. Натуру нашли неподалеку от Москвы, где предполагалось снимать кусочек сельской Англии. Варя отлично умела ездить верхом и великолепно выглядела в костюме для верховой езды. Семен Романович не мог нарадоваться.

— Ах, чертова кукла, как смотрится в седле! Эх, жаль, в амазонке нельзя снимать...

— Я в дамском седле не умею! — улыбнулась довольная Варя.

— Научилась бы в два счета, главное, ты лошади не боишься, и она это чует!

Партнером Вари в этом эпизоде был молодой и способный артист Шевелев. Но Варе он активно не нравился. В нем был какой-то снобизм вкупе с поразительной темнотой. Казалось, он один знает что-то такое, о чем никто другой здесь даже не подозревает. Борис Аркадьевич его просто ненавидел. Как-то за обедом он спросил:

— Максик, а кто снял «Корабль дураков»?

— А что, это стоящее кино? — через губу процедил молодой человек. Было совершенно ясно, что он впервые слышит об этом фильме.

— Мегастоящее! — воскликнула Лиза, присутствовавшая при разговоре.

— Ну и кто его снял?

— Варежка, а ты знаешь? — полюбопытствовал Шилевич.

— Если не ошибаюсь, Стэнли Крамер, — не очень уверенно ответила Варя.

— А, американщина! — махнул рукой Максим. — Я признаю только европейское кино!

— Ишь ты, — как-то коварно усмехнулся Борис Аркадьевич. — Ну, если так, кто снял «Земляничную поляну»?

— Бергман, — небрежно бросил Максим.

— Ах ты моя лапушка, — умилился Борис Аркадьевич. — А «Туманные звезды Большой Медведицы»?

В глазах молодого артиста мелькнула паника.

— Борис Аркадьич, я этого не помню, вы все о каком-то старье спрашиваете.

— А ты старья тоже не любишь, правда, мой маленький?

— Не люблю!

— Да не люби ты, сукин сын! — взорвался оператор. — Американщину он не любит! Ишь какой! Ты, может, и Энтони Куина не любишь, и Марлона Брандо?

— Брандо хорош у Бертолуччи! А в остальном...

— Так Бертолуччи тоже уже старье! Ты, значит, «Трамвай желание» тоже не видал?

— Боря, отстань от него, это плохо кончится! — одернул друга Шилевич.

— И вправду, Борис Аркадьевич, что вам вздумалось мне экзамен устраивать? — испуганно-примирительным тоном произнес молодой человек.

— А это такая проверка у меня... на вшивость, если угодно. Варь, а ты знаешь, кто «Туманные звезды» снял?

— Кажется, Висконти, да?

— Вот почему она все знает? — воскликнул Борис Аркадьевич.

— Потому что ее никто не знает! — заметил Максим. — Не снималась, вот и повышала культурку! А когда крутишься с утра до ночи по съемкам...

— Ее — узна́ют! — многозначительно произнес Борис Аркадьевич.

— Все, хватит! — закричал Шилевич. — Боря, ты мне всех артистов перессоришь!

Варю Максим здорово раздражал, а уж как она его раздражала...

После натурной съемки, куда в целях экономии выехали еще затемно, Варя попала домой только во втором часу ночи. Сил не было даже принять душ. Она рухнула на диван и закрыла глаза. Я не усну, подумала она. Надо все же пойти в душ, может, полегчает от горячей воды. И вправду, горячая вода подействовала. Она вылезла из ванны, надела махровый халат бледно-сиреневого цвета, подарок Эммериха. И вдруг в дверь позвонили. Кого это нелегкая в такой час принесла?

— Кто там? — осторожно спросила она. Глазка в двери не было.

— Вера, Верочка, открой!

— Веры здесь нет!

— Верочка, пожалуйста, открой!

Это Симбирцев, поняла Варя. И голос у него трезвый. Он, видимо, ничего не помнит, решила она. И почему-то открыла дверь.

— А вы кто? — спросил поздний визитер.

— Я не Вера, Вера уехала, теперь здесь живу я.

Он и вправду был трезвый.

— Простите, ради бога, простите, я не знал... А куда она уехала?

— Я не знаю! Я с ней не знакома.

— Извините, еще раз извините, я вас разбудил. Все, ухожу! Спокойной ночи!

— Спокойной ночи!

— А вы человек! Это теперь редкость! И вы... красивая. До свидания!

С этими словами он вошел в лифт.

Ох, какой, подумала Варя. Про него такое говорят и пишут, а у него глаза детские, беззащитные... Сердце как-то глухо забилось. С ума сошла, сказала она себе. Только вот алкаша и дебошира тебе не хватало!

Она ворочалась до самого утра.

— Ну, и на кого ты похожа? — спросила Лиза. — Всю ночь гуляла?

— Какое там, просто не смогла заснуть.

— Чего так? Не расстраивайся, сейчас буду тебя реанимировать, никто и не заметит!

— А знаешь, я только вышла из душа, в дверь звонят... — Варе нестерпимо хотелось поговорить про Симбирцева.

— Да? И кто?

— Стас Симбирцев!

— Ты что, с ним спуталась?

— Боже упаси! Он пришел не ко мне, а к какой-то Вере, которая жила до меня в этой квартире. Причем уже второй раз. Первый раз он был пьян в лоскуты и ничего не помнит.

— Сейчас опять пьяный приперся?

— Нет. Трезвый как стеклышко и очень вежливый.

— И ты на него запала? Не советую!

— Ничего я не запала, просто рассказываю, надо же что-то говорить, чтобы не заснуть.

— Зря! Ты лучше поспи, а я свое дело сделаю! А Стас хоть и пьянь, но обаятельный... Вот вроде и рожа у него колхозная, а как интеллигентов играет, обалдеть!

— Я ни одного фильма с ним не видела.

— Да ты что! Хочешь, я тебе завтра диски принесу?

— Да у меня там и дивидюшника нет, а в компьютере смотреть не могу. И потом, когда мне смотреть-то? Вот отснимемся, уеду домой и там буду просвещаться.

— Это правильно! Лучше подальше от артистов, только с персонажами! Он тебе совершенно не подходит!

— Конечно, не подходит, и потом у меня есть Эмми!

— Слушай, давно хотела спросить, а как это спать с мужиком, у которого бабское имя?

— Нормально, — засмеялась Варя. — Знаешь, был такой знаменитый сценарист Алексей Каплер, так его все звали Люсей! В него, между прочим, была влюблена дочь Сталина.

— Варь, а откуда ты все знаешь? У тебя ж там тоже не сахарная жизнь, когда тебе читать-то?

— Ну, про Каплера и про многое другое мне мама рассказывала...

— Да? Надо же... А, кстати, ты в курсе, что Симбирцев у нас тоже сниматься будет?

— Да, Семен Романович говорил.

— Ой, смотри, Варька!

— Да ладно, зачем мне нужен алкаш?

— Он, между прочим, не алкаш, а пьяница, это лучше!

— А что, есть разница?

— Еще какая! Ты вот столько всего знаешь, а это же элементарно! Алкаш живет от запоя до запоя. А пьяница...

Но тут Варю позвали на площадку.

В этот вечер она освободилась не очень поздно. Снимали сцену без нее. Она зашла перекусить в кафе и побежала домой, уже два дня она не общалась с сыном. Какое счастье этот скайп! Никитка выглядел отлично. Мама тоже.

— Варюш, у тебя усталый вид, — сказала мама.

— Я и вправду устала, вчера были натурные съемки, я потом плохо спала ночь, но ничего, сейчас с вами пообщаюсь и завалюсь спать! А вообще я так счастлива!

— Ну и слава богу! Ладно, болтайте с Никитой.

— Мамочка, ты спать хочешь? Тогда я сразу говорю: у меня все здорово! — закричал Никита.

— У меня тоже! Я вчера на лошади снималась!

— Да? В павильоне?

— Нет, на натуре!

— А лошадь где взяли? С собой привезли?

— Нет, там недалеко есть конезавод, наши договорились, и нам дали двух лошадей. Мне досталась кобыла по кличке Мадам, такая чудная, серая в яблоках! Красавица!

— Она смирная?

— Да! И еще я ей, видно, понравилась! Там инструктор даже удивился!

— А чего удивляться? Ты же всем нравишься!

— Ну, далеко не всем! — засмеялась довольная Варя.

— Мам, а когда съемки кончатся, ты сразу приедешь?

— Нет, фильм еще надо будет одевать!

— Как это, одевать?

— Ну, озвучание, то-сё, хотя, думаю, на несколько деньков смогу вырваться!

— А тебе больше никаких съемок не предлагают?

— Пока нет, меня ж никто еще не знает!

В этот момент в дверь позвонили.

— Мам, к тебе кто-то пришел?

— Я никого не жду, но открыть все же надо.

— Ладно, мам, сейчас футбол будет, я пошел.

— Кто там?

— Извините, ради бога!

Варя узнала весьма характерный голос Симбирцева. И душа у нее ушла в пятки.

Она открыла дверь. На пороге стоял Стас с букетиком тюльпанов.

— Здравствуйте, это вам! — он протянул ей цветы.

— Мне? С какой стати?

— Простите, я вел себя ужасно, мне рассказал дядя Женя, ваш сосед и мой дальний родственник... И я прошу прощения. Пожалуйста, извините меня!

Господи, какие у него глаза! В них такая мольба! Даже страшно...

— Конечно, я вас прощаю. Спасибо за цветы!

Он топтался на пороге, не в силах уйти. Ему так нравилась эта женщина... А она не могла захлопнуть дверь. Ей было его нестерпимо жалко.

— Может быть, вы хотите чаю? Или кофе?

— Кофе я бы выпил... Спасибо!

Он вошел, снял кожаную куртку.

— Ох, я идиот! Я... Вы...

— Меня зовут Варвара, — улыбнулась она и протянула ему руку.

Он просиял, тоже как-то по-детски.

— А я Стас...

— Я уже знаю. Стас Симбирцев, знаменитый артист! И будущий партнер...

— То есть? — нахмурился он.

— Вы же будете сниматься у Шилевича?

— Ну да... О, так вы и есть та самая девушка с альпийских лугов? Наслышан. Здо́рово! Вы все-таки поставьте цветы!

— Ах да! Идите на кухню, вы, судя по всему, неплохо знаете географию этой квартиры!

— Это да, — засмеялся он. — Но у вас так уютно. У Веры тут был бардак...

— Вы какой кофе пьете? Крепкий?

— Если можно...

— Можно. Но вы после кофе спать-то будете? Поздновато для крепкого кофе, нет?

— Наверное, вы правы... Варя, дядя Женя говорит, будто я кричал, что я такая знаменитость... Это правда?

— Было дело, но мало ли что кричит пьяный человек, к тому же не заставший дома свою девушку...

— Да пошла она... Впрочем, это она меня послала... Но ведь не хочется так думать, да?

Он улыбался, и улыбка была столь заразительна, что Варя почувствовала, как у нее тоже рот растягивается буквально до ушей.

— Варя, а давай сразу на ты, а? Все-таки партнеры...

— Давай!

— А ты правда ни одного моего фильма не видела?

— Правда! Но очень хочу посмотреть. Вот отснимусь...

— И уедешь к себе в Альпы?

— Да, у меня там сын.

— И муж?

— Нет, моего мужа убили.

— Прости! Я же не предполагал...

— Конечно. И еще у меня там мама.

— А ты... расскажи о себе, а то болтают всякое...

— Обо мне? — крайне удивилась Варя.

— А ты как думала? Снимаешься в главной роли, у Шилевича, а это все же марка, неведомо кто, неведомо откуда... Конечно, уверяют, что ты с ним спишь... Ну, сама понимаешь...

— Я с ним сплю? Обалдеть!

— Наши бабы всегда так думают... Да оно частенько так и бывает. Но я же знаю Романыча и тетю Надю. Варя... Надо же, я никогда не знал ни одной Вари... Варя, Варюша...

— Варежка, — подсказала ему Варя.

— Варежка? Клево! Правда, такая теплая пушистая Варежка... как в детстве, когда играешь в снегу, руки замерзли, красные, в цыпках, а сунешь их в теплые варежки, и так хорошо... Ты теплая, Варежка. И ужасно красивая... Но главное, теплая. Я тоже буду звать тебя Варежкой. Черт подери, с тобой так легко, так спокойно... Я устал, я чудовищно устал... За год снялся в стольких фильмах... Деньги нужны, я квартиру хочу купить... А это же бешеные бабки... И вообще, нельзя, чтобы тебя забыли... Ох, что это я все о себе... Ты вообще-то актриса?

— Из погорелого театра! Окончила ЛГИТМиК, но меня никто никуда не брал. Я уж крест на актерстве поставила, а тут вдруг... Это такое счастье, знаешь, Стас, когда все заварилось, я вдруг поняла — я наконец-то живу своей, понимаешь, своей жизнью!

— Понимаю! — кивнул он.

И она чувствовала, что он действительно понимает ее.

— А ты где учился?

— Во ВГИКе.

— А!

— Варежка, тебе про меня всякое говорить будут...

— Уже! — засмеялась Варя.

— Что пьяница, дебошир, бабник, в общем, совершенно несносный тип, да?

— Не только!

— А что еще?

— Что потрясающий артист, редкий талант, сумасшедшее обаяние...

— А ты чему поверила?

— А всему!

— Ты не только красивая и теплая, ты еще и умная, — засмеялся он.

Она тоже засмеялась.

— И не врушка и не лицемерка... А сколько лет твоему сыну?

— Семь.

— А как его зовут?

— Никита! Я как раз с ним разговаривала по скайпу, когда ты позвонил.

— Так странно, — он глянул на часы. — Это было всего сорок минут назад, а мне кажется, мы так давно знакомы...

— Всю жизнь, — вырвалось у Вари помимо воли.

У него перехватило дыхание. Надо уносить ноги, подумал он. Только бы не наделать глупостей. Она не похожа на других, пока, во всяком случае... и это надо беречь. Куда спешить-то?

— Варежка, мне пора, дай мне свой телефон. И запиши мой. Звони, когда захочешь...

— И ты!

— Буду! Я завтра уезжаю в Минск на съемки, но скоро вернусь...

— А когда ты у нас-то сниматься будешь?

— Через неделю, кажется... Ну все, гони меня!

— Это нелегко...

Он сделал шаг к ней, она отступила.

— Иди, пожалуйста, иди!

— Уже ушел! Хоть это и вправду нелегко.

Он шагнул за порог.

— Спокойной ночи, Варежка!

Ой, мамочки, что же это делается? Я же влюбилась! А как в него не влюбиться?

Стас бегом спустился по лестнице, ехать в лифте было невмоготу. Он и вообще-то всегда все делал бегом, а тут такое... Она удивительная, ни на кого не похожая... и совершенно ничего не играет в жизни. Наверняка она понравится отцу с матерью... И то, что у нее есть сын... Я так хочу сына... Идиот, ты что, опять собрался жениться? Мало тебе? Три раза уже очертя голову несся в ЗАГС... Нет, тут нельзя спешить... Да и с чего ты решил, что она за тебя пойдет с твоей-то репутацией... Она не девочка уже и живет в Европе. Да, никуда я не буду спешить... даже в постель. Хотя так хочется... Но нельзя. Она ведь может быть другом, а не только любовницей. Жена-друг... Как это важно, вот у Вадьки с Ленкой такая семья, они любят друг дружку, и при этом они друзья. Мне так этого не хватает...

Его мысли перебил звонок матери.

— Сташек, ты как?

— Все в порядке, мамочка!

— У тебя хороший голос. А то вчера ты был такой замученный. У тебя дома есть еда?

— Не помню.

— Может, заедешь? Я тебя покормлю и с собой дам.

— Спасибо, мам, заеду! Только с собой ничего не надо, я завтра в Минск лечу.

— Разберемся.

— А папа дома?

— Нет пока. У него какое-то совещание.

— В такой час?

— Ты отца не знаешь?

Отец Стаса был главным редактором газеты.

Мать с порога спросила:

— Сташек, ты что, опять влюбился?

— Да нет...

— Ой, не ври своим ребятам! И кто она? Надеюсь, на сей раз обойдешься без женитьбы?

— Мама, я только сегодня с ней познакомился.

— Любовь с первого взгляда?

— Ее зовут Варежка...

— Как? — переспросила Марина Георгиевна.

— Варежка! Она такая теплая и пушистая...

Марина Георгиевна посмотрела на сына и у нее сжалось сердце. Ей вдруг вспомнился мультик про девочку, которая от одиночества вместо собачки выгуливала варежку... Она подошла к нему, обняла, погладила по коротко стриженым волосам.

— Сташек, как ее все-таки зовут?

— Варя.

— А, понятно. Редкое имя по нашим временам.

— Я таких еще не встречал... Она особенная!

— Сташек, ты забыл? Тебе все твои бабы казались необыкновенными.

— Вот ты увидишь! Я вас обязательно познакомлю.

— Так! Ты уже собрался жениться?

— Нет, мама. Просто она не москвичка, живет одна, и, наверное, ей будет приятно побывать...

— Час от часу не легче! Откуда она?

— Издалека, мамочка! Шилевич нашел ее в Альпах.

— Постой, это что, та девушка, которая снимается у Шилевича? Немка?

— Она русская, мама, Варежка! У нее есть сын, ему семь годков, Никитой звать... А мужа ее убили...

— Ох ты, господи, кто?

— Случайный наркоман.

— Ну-ка, расскажи, что ты о ней знаешь.

Стас рассказал. Это было так приятно — говорить с матерью о Варежке...

— Что это с тобой? — спросил Семен Романович, едва завидев Варю.

— А что со мной? — испугалась Варя.

— Глаза какие-то сумасшедшие... Влюбилась, что ли?

— Да что вы! Просто выспалась!

— А я уж испугался. Ладно, давай на площадку!

Надо взять себя в руки, если уже сейчас заметно, то что же будет, когда он появится на площадке? Ведь сразу пойдут разговоры... Зачем это нужно?

Сегодня предстояли съемки с Димой Бурмистровым. Он, как всегда, был великолепен. И Варя с легкостью необыкновенной поддалась его мастерству и пошла за ним.

— Молодцы! — воскликнул Семен Романович. — Здорово! Варюха, начала чувствовать партнера, умница! Дима, ты просто супер!

Бурмистров снисходительно улыбнулся.

— Сеня, надо снять еще дубль, — крикнул Борис Аркадьевич, — тут не все получилось, надо свет слегка поменять.

Второй дубль Дима играл чуть-чуть иначе, и Варя сразу уловила эту перемену и снова пошла за ним.

— Черт побери, это еще лучше! — воскликнул Шилевич.

— Поздравляю, коллега, — улыбнулся Бурмистров. — Ты сегодня большая молодчина! Слушай, может, поужинаем где-нибудь? У меня вечер свободный, такая редкость.

— Давай! — с радостью согласилась Варя. По крайней мере не буду мечтать о Стасе. Может, до его приезда все и пройдет...

— Выпьешь чего-нибудь? — спросил Дима.

— А ты?

— Да я за рулем! Хотя здорово хочется выпить. Ладно, возьму такси. Мне мою тачку отсюда пригонят.

— Ты часто тут бываешь?

— Да. Здесь тихо, музыка не орет, народу немного. Кстати, ты сегодня потрясно выглядишь! Не устала, что ли?

— Как ни странно!

— Я сразу понял, что ты способная, а сегодня, пожалуй, могу сказать, что талантливая... Партнера чуешь, тебе надо в театре играть.

— Думаешь, я смогла бы?

— Уверен! Сейчас частенько бывает, что люди играют, как говорится, кто в лес, кто по дрова.

— А ты нарочно начал играть по-другому?

— Ясное дело, — засмеялся Дима.

Какой же он красивый, мелькнуло в голове у Вари. Но Стас лучше...

— Варюш, хочешь посмотреть мое интервью?

— Хочу! А где?

— На канале «Столица». Там и про тебя есть, — загадочно улыбнулся Дима.

— Про меня? — ахнула Варя.

— Ну да! Я сейчас комп принесу и покажу.

— А где он у тебя, в машине?

— Конечно!

Он вышел и вскоре вернулся с маленьким ноутбуком.

— Вот, гляди!

Это было вполне обычное актерское интервью, правда, улыбка и оживление, как показалось Варе, были просто отлично сыграны. Она видела за этим сильную усталость. В конце интервью Дима на вопрос о творческих планах ответил, что, кроме всего прочего, снимается у превосходного режиссера Шилевича, где главную роль играет никому пока не известная, но исключительно талантливая актриса Варвара Лакшина.

— Дима!

— Довольна?

— Не то слово! Спасибо тебе, но такие авансы...

— Ничего, оправдаешь! Ты сегодня жутко красивая! А как тебе интервью?

— Отлично, но только, по-моему, ты его давал очень усталый, да?

— Ты почуяла?

— Мне показалось...

— Тебе не показалось! Я и вправду был уже при последнем издыхании. Черт... иногда так неохота давать эти дурацкие интервью, но надо, это часть профессии. Кстати...

У Вари зазвонил мобильник. Неужто Стас, испугалась она. Как с ним говорить при Диме?

— Варвара? — спросил женский голос.

— Да.

— Извините, что поздно. Мне ваш телефон дал Стас Симбирцев.

— Слушаю вас!

— Варвара, вы не обращались пока ни в какое актерское агентство?

— Нет.

— В таком случае я хочу предложить вам свои услуги. Вас это в принципе интересует?

— Да, разумеется.

— Рекомендации Симбирцева вы доверяете?

— Конечно.

— Мое агентство называется «Символ», меня зовут Екатерина Вершинина.

— Очень приятно.

— Варвара, я понимаю, у вас плотный график, но, может, вы выберете время, заедете к нам?

— Я постараюсь.

— Ну, мой телефон у вас определился?

— Да.

— Звоните в любое время, даже ночью! У вас наверняка есть хорошие фотографии. Обязательно привезите. Надеюсь, мы договоримся. Стас очень хорошо о вас отзывался.

— Спасибо. Думаю, что послезавтра у меня выберется время вечером.

— Вот и отлично. Тогда до встречи!

Дима не стал спрашивать, кто это звонил.

— Дима, ты знаешь такое агентство «Символ»?

— Еще бы не знать! Это Катюха тебе звонила?

— Да.

— Вот ушлая баба, уже пронюхала. Соглашайся, она берет божеский процент, а работает классно. Интересно, кто ей про тебя сболтнул и, главное, дал твой телефон?

— Она не сказала... Значит, ты считаешь, стоит согласиться?

— Безусловно! Но ты все-таки врешь, подруга. Ты знаешь, кто тебе порадел... Колись!

— Стас Симбирцев.

— Ты с ним знакома?

— Чуть-чуть.

— И он уже по уши в тебя влюбился?

— Понятия не имею.

— Имеешь, имеешь! Вон как зарделась. Сама, что ли, уже втюрилась?

— Дима, ну о чем ты говоришь!

— А что? Стас мужик обаятельный.

— Да не знаю я ничего, я даже ни одного его фильма не видела!

— Да ты что? Странно, он же отличный актер, очень честный. Все на чистом сливочном масле. Обязательно посмотри, но только не влюбляйся в него, ради бога!

— Я и не собираюсь.

— Умница! Знаешь, давай-ка выпьем за тебя! Ты хорошая девочка, талантливая, чуткая. А ты в курсе, что нас с тобой собираются объявить любовниками?

— Краем уха слышала.

— Ты не против?

— Но если так надо...

— А ведь это значит, что нам с тобой придется вместе, так сказать, выходить в свет. Нас будут снимать, писать всякую чушь... Ты готова?

— А ты?

— А я только рад! По крайней мере, моя подлинная личная жизнь останется в тени. Ну и твоя, соответственно, тоже, конечно, если ты не спутаешься со Стасом. За ним пресса обожает охотиться, он нередко дает ей пищу для сенсаций.

— Так, может, это тоже пиар?

— Увы, нет. У него темперамент бешеный, его иногда несет по кочкам... А потом он страдает, казнит себя, он уже судился с какой-то газетенкой... Там все его прегрешения подавались в таком преувеличенном виде, что только диву можно даваться... А он страдает... Уууу, подруга, ты хоть и талантливая актриса, а скрыть свои эмоции не умеешь. Тебе его уже жалко, хочется приголубить, так?

— Дима!

— Что Дима? Я же не слепой! А может, это и неплохо, — задумчиво проговорил он.

— Что?

— Может, ему как раз такая девушка и нужна... Вот с такими глазами. Я всех трех его жен видел. У них таких глаз не было. Я бы и сам на тебе женился... Но, кажется, я опоздал!

— Дима, ну зачем ты...

— Да я пошутил... Не волнуйся. Наши отношения останутся на прежнем уровне. Мы друзья, да?

— Конечно! — обрадовалась Варя. — Если бы ты знал, как я тебе благодарна!

— За что?

— За все! За твою помощь, поддержку, за то, что ты настоящий мастер, с тобой играть такое удовольствие, такая роскошь... Я перестаю чувствовать себя полной неумехой, я...

— Все, хватит дифирамбов! — засмеялся Бурмистров. — Ты умница, вот с тобой и легко работать... Ой, по-моему, наш ужин становится ареной взаимных восхвалений, а это скучно. Расскажи лучше, откуда ты знаешь Стаса?

Варя рассказала. Она почувствовала, что Дима и впрямь может стать ей другом.

— Понятно... Ох, Варюха, нахлебаешься ты с ним. Но, с другой стороны, актрисе такие похлебки только на пользу... Но ни в коем случае не приноси себя в жертву, не бросай работу ради его таланта...

— О чем ты? Я даже подумать не могу! Бросить работу! Я так ею счастлива!

— Ну и хорошо! А к Катьке Вершининой съезди обязательно!

Стас рвался в Москву. И хотя он, как всегда, весь отдавался работе, но в редкие свободные минуты закрывал глаза и видел нежную улыбку Варежки. Чарующе-чеширскую, как он сам для себя сформулировал. Он все время повторял про себя: чарующе-чеширская улыбка. Я влюбился в ее чарующе-чеширскую улыбку. Ему казалось это сравнение удивительно вкусным, он то и дело катал его на языке, оно было терпким, прохладным.

— Стасик, ты чего так улыбаешься? — спросил кто-то из группы.

— Собаку потрясную видел вчера, — широко улыбнулся Стас. — Хочу теперь такую же завести. Мечта, а не собака!

— Что за порода?

— А черт ее знает, я забыл...

— Красивая?

— Ага! Супер!

В этот момент у него зазвонил мобильник. На дисплее высветилось «Варежка».

— Алло! — заорал он. — Это ты?

— Я, у меня перерыв...

— У меня тоже!

— Стас, мне звонила Вершинина, я сегодня с ней встречаюсь, спасибо тебе.

— О чем ты говоришь? Это чепуха... Я так скучаю! А ты?

— И я!

— Я рассказал про тебя маме.

У Вари душа ушла в пятки.

— Когда ты вернешься?

— Послезавтра, а в четверг начинаю съемки у вас. Я перечитал сценарий, мы там с тобой целуемся.

— Я помню.

— А мы даже не репетировали...

— Стас, — чуть укоризненно засмеялась Варя.

— Ну, я думаю у нас получится... Все, Варежка, меня зовут! Пока!

— Пока!

— Ну что, со Стасом болтала? — спросил Дима.

— С чего ты взял?

— Светишься вся. Ой, девка, гляди, как бы глупостей не натворить.

— С таким другом, как ты, я гарантирована от всяких глупостей. Ты не допустишь!

— Ишь, нашла себе няньку!

— Ребята, — подошла к ним Нина Мурадян. — Вы сегодня идете на тусовку по случаю вручения театральных премий!

— Здрасьте, приехали! Я туда и так иду, но не с Варей!

— Пойдешь с Варей, никуда не денешься.

— А я сегодня не могу! — заявила Варя, поняв, что Диме это не с руки.

— Ребята, вы меня без ножа режете! Я обещала!

— Нина, ты сперва бы нас спросила! — весьма сурово ответил Дима. — Пиар пиаром, но не в последний момент! Короче, я категорически отказываюсь!

— И я! — подвякнула Варя. — И я категорически!

— Без ножа режете! Мы же договаривались...

— Нин, давай сразу наперед условимся — без внезапностей. Нам надо быть к этому готовыми.

— Дим, ты точно туда пойдешь?

— Точно, а что?

— Варь, а может, мы тебя туда с Максом отправим?

— С Максом? Ни за что!

— Да нет, мы бы сделали пару фоток с Димкой и запустили бы инфу, а?

— Если тебе так не терпится, давай мы с Варей послезавтра пойдем куда-нибудь поужинать в интимной обстановке, а ваш папарацци нас снимет. И волки будут сыты, и овцы более или менее целы, начинать лучше с малого!

— Варя, ты согласна? — возликовала Нина.

— Согласна, — кивнула Варя.

— Ну и ладненько!

— Хорошая она баба, — заметил Дима. — С ней практически всегда можно договориться. А тебе отдельное спасибо за поддержку.

— Дим, но ты предупреди свою девушку, а то она же будет страдать...

— А ты предупреди Стаса, а то он еще полезет со мной драться, а у него рука тяжелая, — засмеялся Дима.

— Не буду я никого предупреждать... Пусть ревнует!

— Вот вы, бабы, какой гнусный народ! О моей девушке заботишься, а о своем хахале нет? И зря!

— Да я шучу! У меня, кстати, в Германии тоже хахаль есть!

— Вот как? А его теперь побоку?

— Дим, что ты меня мучаешь? Может, ничего у нас со Стасом не будет...

— Будет, будет!

— Почему ты так уверен?

— Ой, блин!

Стас вернулся в Москву поездом. У Белорусского вокзала старушка продавала ландыши.

— Почем, бабуль?

Старушка подняла на него глаза.

— Ой, сынок, это ты?

— Да вроде я, — улыбнулся он.

— Ой, вот как улыбнулся-то, сразу видать — ты! Сынок, тебе по десятке отдам!

— А другим почем продаете?

— А другим по тридцатке!

— Я, бабуль, все возьму, сколько у вас?

— Ой, сынок, и вправду все возьмешь? А то тут менты шныряют, мне бы поскорее. Вот гляди, тут двадцать букетиков осталось...

— Вот вам, бабушка, шестьсот рублей, и я побегу.

— Сыночек, ты что?

— Берите, бабушка, у меня еще есть, вам нужнее.

Он сунул пакет с ландышами в сумку.

— Благослови тебя Господь, сыночек!

— Спасибо, это мне сейчас очень пригодится!

Стас решил забежать к матери, родители жили поблизости от вокзала, на Второй Брестской.

— Сташек! Ты откуда? — обрадовалась мать.

— С вокзала, вот решил забежать. И кое-что принес!

— Что же ты принес? — улыбнулась Марина Георгиевна.

Он открыл сумку.

— Господи, прелесть какая! — всплеснула руками мама.

— Мамуль, тебе половину!

— А вторую Варежке?

— Угу!

— Ты поешь?

— Кофе выпью. Ну и бутербродик бы сжевал.

— А потом к ней?

— На студию.

— А ландыши?

— Там отдам.

— Тогда вот что сделаем. Я свои сейчас поставлю, а ее завернем в марлечку и в мокрую газету.

— Мам, но в сумке же все промокнет.

— А ты сумку тут оставь! Зачем она тебе на студии? А я тебе отцовскую черную дам.

— Спасибо, мамочка! — Он ткнулся носом матери в грудь. — Ты у меня самая золотая мамулька на свете!

— Лишь бы тебе было хорошо, Сташенька...

— Я постараюсь, мама!

— Только не дари ей ландыши в газете, пожалуйста!

— Вот хорошо, что сказала! — засмеялся он.

— Что ж я, тебя не знаю, — она погладила сына по голове. — И все-таки тебе надо отдохнуть, хоть недельку. Стэлла звонила, спрашивала, когда приедешь.

— Привет ей большущий! Съезжу к ней как-нибудь, хоть на три денечка вырвусь.

Стэлла была кузиной Марины Георгиевны и уже сорок пять лет жила в Амстердаме. Они очень дружили со Стасом. Она безмерно гордилась двоюродным племянником.

— А поезжай к ней с Варежкой...

— Мам, ну рано еще об этом говорить... Мы с ней еще даже не поцеловались ни разу!

— Сташек, ты ли это? — ахнула Марина Георгиевна.

— Мам!

— Все, я в твои дела не суюсь! — сказала Марина Георгиевна. Ей было очень любопытно, что это за девушка такая, в которую ее весьма скорый на чувства и поступки сын влюбился столь целомудренно. А позвоню-ка я Наде, решила она, и все разузнаю! С Надеждой Михайловной они давно приятельствовали.

Стас взял такси, доехал до стоянки и пересел в свой джип. Мама сказала, что цветы в машине лучше вынуть из сумки. Он расстелил на заднем сиденье тряпку, выложил сверток, по кабине разнесся упоительный запах. Надо же, как пахнут, несмотря на газету! От этого волшебного аромата почему-то защемило сердце. Когда-то давным-давно, в детстве, он был влюблен в соседку по даче, Наталку. Они вместе ходили в лес за ландышами... Как было хорошо тогда... Наталка не отвечала на его чувства, она была влюблена в артиста Андрея Харитонова, и Стас поклялся себе, что назло всем станет знаменитым артистом, и тогда Наталка пожалеет! Он потом потерял ее из виду, кажется, она уехала за границу, но ему давным-давно было на нее наплевать... Впрочем, сейчас ему было наплевать на всех его баб. Кроме Варежки. Но она еще не стала его бабой. Она была девушкой его мечты! Он сам посмеялся над этой дурацкой фразой. Ишь, чего выдумал, девушка моей мечты! Вот такая вот зараза, девушка моей мечты! Варька-зараза! — попытался он защититься от нахлынувшей волны нежности, от которой чуть не задохнулся! Варежка...

Он позвонил помрежу Айгуль.

— Гулечка, Симбирцев! Я через полчаса подъеду, пропуск выпиши!

— Стасик, у тебя же завтра съемки. Ты напутал!

— Ничего я не напутал, мне надо с Романычем побазарить... Короче, оставь пропуск!

— Оставлю, только, знаешь, сегодня у Бориса Аркадьича день варенья!

— Будете отмечать?

— Ну да, после смены маленько посидим, думаю, он будет рад, если ты придешь.

Стас заехал в кондитерскую и купил два громадных торта. Борис Аркадьевич обожал торты.

С двумя коробками и сумкой через плечо он направился в павильон. Навстречу ему выбежала Айгуль.

— Привет! Классно выглядишь! — она чмокнула его в щеку.

— Привет, солнышко! Что там сейчас?

— Снимают! Нашу Варю с Димоном! Говорят, у них роман намечается! Все, я побежала! Дорогу найдешь?

— Найду! — упавшим голосом проговорил Стас. Роман с Бурмистровым! Это что же такое? Как можно? Нет, я не позволю! Хотя Гуля сказала — намечается... И у нас намечается... То есть тут кто кого?

— Стоп! Снято! Всем спасибо! На сегодня все свободны!

— Семен Романович!

— Ох, Стас! Рад, очень рад! Ты ко мне?

— К Борису Аркадьичу!

— Боря! Боря! Поди-ка сюда, глянь, кто приехал тебя поздравить!

— Стасик, дорогой! — растрогался Борис Аркадьевич. — Спасибо! Это мне?

— Вам-вам, кому же еще! — Стас обнялся с оператором, ища глазами Варежку. Ее не было видно. Зато Дима был здесь.

— Здорово, Дим!

— Привет, Варвару ищешь? — добавил он тихо.

А Стас вспыхнул.

— Слушай, браток, можно тебя на минутку?

— Я весь внимание, — едва сдерживая злость, ответил Стас.

— Не верь ничему, что тебе станут болтать о нас с Варежкой...

Стас побелел. Это «Варежка» в устах Бурмистрова звучала непереносимо! А Дима нарочно так назвал ее, хотел проверить, дернется ли Стас... Дернулся, еще как дернулся. Да, не зря про него говорят, что он человек без кожи... Жалко его.

— Стас, не бери в голову. Это продюсеры настояли — знаешь, как это делается... Это просто утка, имей в виду. А она — чудо, тебе повезло, парень!

Стас во все глаза смотрел на него.

— Ничего не понимаю, ты о чем?

— Ни о чем! Я сказал, ты услышал. Все.

Дима отошел в сторонку. Стас остался стоять в растерянности.

— Стас! — позвал его Борис Аркадьевич. — Ты еще не знаком с твоей новой партнершей. Варюша!

Тут он увидел ее. Она была в гриме, в обтягивающем черном платье, на высоченных каблуках. И улыбалась как-то смущенно!

— Здравствуй! — сказал он.

— Привет!

— Вы уже знакомы? — удивился Борис Аркадьевич.

— Так, слегка, — сказала Варя и протянула Стасу руку.

Он пожал ее. К Борису Аркадьевичу подошел кто-то еще, он отвлекся.

— Я так рад тебя видеть...

— И я...

— Давай отойдем куда-нибудь... У меня есть для тебя кое-что...

— Что?

— Сюрприз!

Ее глаза вспыхнули.

— Я не хотел бы при всех...

— Идем, — она взяла его за руку и повела за собой. Они пришли в какой-то закут.

— Обожаю сюрпризы! — напомнила ему Варя.

— Вот! — он поставил на пластмассовый ящик сумку и открыл ее. Газету он снял еще в машине, оставил только уже подсыхающую марлю.

— Господи! Какое счастье! — воскликнула Варя и сунула нос в сумку, потом подняла голову и посмотрела на него затуманившимися глазами. — Спасибо... Ты...

— Я? Что я?

— Я тут посмотрела «Тайны рода». Ты такой артист!

— Да ладно...

— Нет, правда... Ой, а что же делать с ландышами?

— Нюхать!

— Но их же надо в воду... И потом... их так много. Будут судачить...

— Надо их в мокрую газету завернуть, я отнесу в машину, мы же потом вместе уедем, да?

— Да!

— Варюша, ты где?

— Борис Аркадьевич, уже бегу! — крикнула Варя. — Стас, минутку тут пережди, ладно?

Он скрипнул зубами. Ему хотелось на весь мир кричать о своей любви, а она хочет соблюсти приличия!

— Варюша, ты что там делала?

— Платье поправляла!

— А!

В павильоне был накрыт стол. Всем командовала Айгуль.

— Надежда Михайловна! — обрадовалась Варя и бросилась к ней. — Как я рада! Ой, я же в гриме.

— Сними скорее, чего кожу зря мучить! А я с тобой пойду, помогу, а то Лиза занята! Борь, мы мигом!

— Давайте, давайте, девочки! Тут такие торты!

В гримерной никого не было. Варя сразу принялась снимать грим.

— Варежка, милая моя, это правда?

— Что? Вы о романе с Димой?

— Нет, я о другом романе.

— Надежда Михайловна!

— Девочка, это опасно!

— Почему? Он же такой...

— Ты что, всерьез влюбилась?

— Кажется, да.

— И у вас уже все было?

— Ничего! Ничего еще не было, даже не целовались ни разу!

— Это-то и настораживает!

— Почему?

— Потому что непохоже на Стаса. Он человек стремительный... Понимаешь, мне позвонила его мать, мы с ней не то чтобы подруги, но добрые приятельницы.

— И что она сказала?

— Спрашивала о тебе, вернее, дотошно выспрашивала. Я очень удивилась, а потом спросила напрямки, почему ты так ее интересуешь. Ну, она и сказала... что боится за сына, не помнит его таким...

— Ах, боже мой, Надежда Михайловна, Стасу тридцать шесть лет, неужели он настолько привязан к маминой юбке? Он что, отчитывается перед ней, с кем он уже спал, а с кем нет? Это дико, по-моему!

— Согласна, но ничего этого нет, он абсолютно независимый парень, даже слишком... Но у него очень тяжелый характер... И вообще...

— Она просила вас меня напугать?

— Боже сохрани! Прости, прости, Варежка. Не знаю, зачем я вообще в это полезла. Вы взрослые люди, разберетесь! Еще раз прости!

Стас уже сидел за столом и томился. Рядом с ним плюхнулась пожилая костюмерша.

— Не возражаете? — спросила она кокетливо.

— Ну что вы, Валентина Григорьевна! — обаятельно улыбнулся он. А на сердце кошки скребли. Неужели тетя Надя, которую я знаю с детства, отговаривает Варежку от меня? Наверняка ей звонила мама! Зачем я проболтался маме? Идиот! Но так хотелось говорить о ней...

— О, вот и моя любимая артистка! — воскликнул Борис Аркадьевич. — И Надюша!

Варя вскользь глянула на Стаса. Ее, разумеется, посадили рядом с Димкой. Черт бы его побрал! От шампанского усталые и голодные люди быстро захмелели. Варе казалось, что она пьяна вдрызг, хотя выпила всего полбокала. Но взгляд Стаса пьянил куда сильнее шампанского.

— Варь, я его давно знаю, — шепнул Дима, — но таким никогда не видел. Ты его не очень мучай...

— Я разве его мучаю? — пугаясь собственного восторга, спросила Варя.

Дима не успел ответить, как вдруг изрядно захмелевший виновник торжества крикнул:

— Господа, Варя с утра мне обещала спеть! Лично для меня, а она так поет! Варюш, спой!

Она еще и поет! — испугался Стас.

— Я не знаю... — облизала пересохшие губы Варя.

— Спой, светик, не стыдись! — хлопнул в ладоши Макс. И добавил уже потише: — Обязательно будет кобениться, дура провинциальная.

Стас хотел было двинуть ему в морду, но не успел, Варя не стала кобениться.

— Я с удовольствием! Только не знаю что...

— Варюх, спой про акацию! — потребовал Семен Романович. — Господа, этот романс решил Варину судьбу! Когда я его услышал, сразу сказал себе — беру на главную роль!

— Хорошо! — просто сказала Варя. И запела. «Целую ночь соловей нам насвистывал...»

Надежда Михайловна вздрогнула. Голос Вари звучал совсем иначе, чем тогда, в заснеженном альпийском отеле. В нем появилась такая чувственность, такой призыв... Она искоса глянула на Стаса. Он был бледный, глаза както опасно прищурены... А она пела только для него, это сразу было понятно.

— ...Невозвратимы, как юность моя... — закончила она.

Раздались громкие аплодисменты. Борис Аркадьевич со слезами на глазах бросился целовать Варю.

— Еще, еще! — требовала публика.

— Господа! Господа! Минутку внимания! — крикнул вдруг Стас.

Все выжидательно на него уставились. Он был страшно взволнован. Варя испуганно замерла.

— Господа, во избежание кривотолков и недоразумений я хочу заявить: я люблю эту женщину и здесь, сейчас, прошу ее руки! Варежка, ты согласна?

Все в глубочайшем молчании глянули на Варю.

— Да, я согласна! — неожиданно даже для себя самой громко ответила Варя.

Стас одним молниеносным движением перемахнул через стол и схватил ее в объятия.

— Варежка, счастье мое! — и впервые поцеловал ее по-настоящему, в губы!

— Горько! — крикнул кто-то, все захлопали в ладоши.

Только Нина Мурадян перекрестилась и прошептала, ни к кому не обращаясь:

— Ну и какой после этого пиар?

Семен Романович в полной растерянности смотрел на жену.

— Надя, я ничего не понимаю! Они же только сегодня познакомились... Как это может быть?

— Все бывает, Сенечка!

Все шумно обсуждали сенсацию, а Варя и Стас все стояли обнявшись, ни на кого не обращая внимания.

— Варежка, ты правда согласна? — шепнул он.

— Я, наверное, сумасшедшая, но да... Да! Да!

— Давай удерем?

— Давай!

— А куда?

— Куда хочешь! Теперь ты главный!

— Поехали ко мне! Не хочу больше в ту квартиру. Переедешь ко мне! Будем жить вместе!

— Хорошо! Будем!

Когда они уже сели в машину, где упоительно пахло ландышами, он сказал:

— Кончим съемки, съездим к твоей маме и сыну.

Что я наделала? Я совсем рехнулась! Даже не вспомнила ни о Никите, ни о маме! Но разве я могла сказать ему нет там, при всех? Он не пережил бы такого унижения... А разве я хотела сказать ему нет? Даже и помыслить не могла. Он моя судьба, это так ясно...

Они стояли на светофоре. Стас вдруг схватил с заднего сиденья охапку ландышей и осыпал ими Варю.

— Ты не из жалости согласилась? — вдруг спросил он. — Можешь еще отказаться... Я пойму...

— Ты совсем дурак, что ли?

— Ага, совсем! На всю голову! Тебе завтра когда на съемку?

— К девяти. А тебе?

— И мне! Значит, поедем вместе!

Вскоре они попали в пробку.

— Черт! — изо всех сил он ударил обеими руками по рулю. — Черт! Черт! Черт! В Москве надо уже летать на вертолете.

— А я даже рада! — засмеялась Варя. — Хоть побудем еще немножко женихом и невестой!

— Это правда! — воскликнул он. — Ведь утром мы уже будем мужем и женой!

— Стас, скажи, почему ты вдруг решил вот так, с бухты-барахты?

— А я услыхал, как ты поешь. У меня крышу снесло!

— Так, может, ты уже жалеешь?

— Идиотка! Дурища!

— Стас, а ты почему меня не целуешь?

— Потому что... Сама, что ли, не понимаешь?

У него зазвонил телефон.

— Алло! Мама? — он прикрыл телефон рукой и шепнул: — Ей уже донесли! — Да, мамочка. Это правда! Нет, мама, в ближайшее время не получится. Мама, я уже большой мальчик! Все, Варежка шлет тебе привет.

Съемочная группа осталась в смятении.

— Надя, что это было? — растерянно спрашивал Семен Романович.

— Что было, по-моему, совершенно ясно, а вот что будет...

Борис Аркадьевич чесал в затылке.

— Да, отмочили ребята... Варюху жалко. Что за жизнь у нее будет с ним...

— А мне кажется, Варя — это именно то, что ему нужно, — заметил Бурмистров.

— Нет, ему нужна жена-нянька! — возразил Макс.

— Ты не понимаешь, не нужна ему нянька! Он сам будет и нянькой, и кем угодно, если любить его по-настоящему. А она это может...

— Ты уже попробовал? — усмехнулся Макс.

— Если б не Борис Аркадьич, я бы дал тебе в рыло, — совершенно спокойно ответил Дима.

Макс вспыхнул.

— Ребята, я вас умоляю! — подал голос Семен Романович.

— Димочка, тебе хочется дать ему в рыло, дай, я разрешаю, у самого давно руки чешутся, — тихо произнес виновник торжества.

Но Макс услышал. Он вскочил.

— А ты дай! Попробуй сам, без помощников, жидовская морда! — прошипел он в ярости.

Все ахнули.

Дима рванулся было к нему, но его удержали.

— Не связывайся с этим дерьмом! Не марай руки!

Борис Аркадьич медленно поднялся, подошел к Максу вплотную.

— Ты еще и антисемит, мой маленький? — спросил он и вдруг отвесил Максу звонкую оплеуху.

Тот побагровел, но ответить не решился.

— А что ж ты мне сдачи-то не даешь? А? Ты молодой, сильный, я тебе в отцы гожусь, правда, ты мне в сыновья не годишься, ну никак!

— Ничего, тебе, старый пень, это так не пройдет!

— Пошел вон! — вдруг гаркнул Семен Романович. — Ты снят с роли! Больше я тебя видеть не желаю!

— Что ж, переснимать материал будете? Дорого встанет!

— Зачем? Просто ликвидируем твоего персонажа, нам это раз плюнуть, правда, Надя?

— Правда, Сенечка!

— То есть вы расторгаете контракт?

— Угу!

— Я пойду к Николаю Максимовичу!

— Да ради бога!

— Макс, сию минуту извинись, скажи, что был пьян, — нашептывала ему Нина Мурадян. — Не сходи с ума, ты себе всю карьеру сломаешь! Так нельзя!

— Отвяжись! Сам не желаю сниматься у этих старперов! Тоже мне... Я уйду, а вы все ох как пожалеете.

— Послушай, парень, я твои вопли и угрозы на мобильник записала! Вот выложу завтра, ой, нет, прямо сегодня в Интернет, поглядим, что будет, — очень жестко проговорила Айгуль.

— А ничего не будет! Только пиар лишний! Я вам не Влад Галкин, я от этого не помру! Не надейтесь!

— Это точно, ты не Влад Галкин, тебе до него как до царя небесного! — воскликнула Валентина Григорьевна, костюмерша.

— Сеня, зачем ты его вообще пригласил? — спросила Надежда Михайловна.

— Потому что я осел! Надюш, необходимо что-то придумать, чтобы его из фильма выкинуть!

— Придумаю, не вопрос!

— Борис Аркадьевич, это было красиво! — сказал кто-то.

— А какое я получил удовольствие!

— Он теперь пакостить начнет...

— Кому? Мне? Я его не боюсь!

— Не посмеет! — заявила Айгуль.

— Ты что, в самом деле все записала? — полюбопытствовал Семен Романович.

— Ага, на всякий случай!

— Все, друзья мои, мы поехали! Я уже с ног валюсь, слишком много сюрпризов на мою старперскую голову! Надюш, поехали! Гуля, когда наши голубки должны завтра появиться?

— К девяти.

— Если опоздают, оштрафую!

Ровно без пяти девять Варя и Стас появились на студии. Вид у обоих был спокойно-нейтральным, только глаза сияли.

— Ну, вы вчера дали шороху! — воскликнула Лиза, когда Варя села к ней в кресло. — Тебя поздравить?

— Ага!

— Но ты ненормальная, предупреждали же тебя! Он, конечно, мегаартист и мегамужик, но все же...

— Лиза, я люблю его! А он меня!

— Так, прямо, и любишь?

— Так, прямо, и люблю!

— И что, правда жениться будете, по-взрослому?

— Ага!

— А жить где будете?

— У него.

— Так он же снимает квартиру.

— Ну и что? Там и будем жить, а дальше видно будет! Знаешь, он такой... Он, оказывается, все умеет сам, и готовить и убирать, у него так все чисто, аккуратно... А какой кофе он варит!

— И в постель приносит?

— А ты откуда знаешь? — испугалась вдруг Варя.

— Ты что, мегадура?

— Кажется, да.

— Так приносит или не приносит?

— Сегодня принес.

— Ох, Варька, притуши сияние-то, а то сниматься не сможешь. Романыч вчера сказал: если опоздают, оштрафую! Ой, ты ж еще не в курсе, что тут вчера было! — И Лиза поведала Варе о скандале, разразившемся после их бегства.

— Ничего себе...

— Мегажуть!

— Но я, честно говоря, рада, он такой противный, этот Макс!

— Мне он поначалу даже глянулся, но все-таки мразность из него перла... Мегапротивный тип!

— Варь, Семен Романыч зовет! — заглянула в гримерную Айгуль.

— На площадку?

— Нет, в кибинет!

Крохотную каморку режиссера Айгуль упорно и презрительно именовала «кибинетом».

— Скажи, что она будет через шесть минут! — крикнула Лиза.

— Доложу!

— Мой папаша, когда звал нас с братишкой, чтобы отругать или, бывало, всыпать, называл это «на правёж». Вот и Романыч тебя небось «на правёж» вызывает.

— За что?

— А сама не понимаешь?

— Я обет безбрачия не давала!

— А свадьба-то когда?

— Не хотим мы никакой свадьбы, просто распишемся потихоньку и поедем к моим.

— А сын-то в курсе уже?

— Да никто пока не в курсе. Только маме Стаса уже позвонили. Сегодня поедем знакомиться, если не очень поздно отпустят...

— Боишься?

— Ни капельки! Стас меня в обиду не даст!

— Ты так в нем уверена?

— На все сто!

— Ой, зря! Хотя я вчера смотрела на вас, обзавидовалась. Вы классная пара! Он такой здоровенный, сильный, а ты с виду хрупкая, нежная... Как говорил незабвенный Гоцман: «Картина маслом!» Все, беги на правёж!

Семен Романович встретил ее хмурым взглядом.

— Ну и что ты натворила?

— А что я натворила?

— Ты хоть понимаешь, что за человек Стас?

— Он самый лучший человек, гениальный артист, и вообще это судьба!

— Не слишком ли много?

— Чего много?

— И я тебя нашел — судьба, и первый попавшийся мужик судьба?

— Он не первый попавшийся! Да, я раньше не верила во все это, а сейчас верю, просто судьба решила мне улыбнуться, послав сначала вас, а потом и Стаса! Семен Романович, я вообще не понимаю, разве в договоре было сказано про обет безбрачия? А если бы я просто спуталась с тем же Димой, вы тоже были бы недовольны? И я не понимаю...

— Погоди вскипать! Выслушай меня!

— Хорошо!

— Для начала сядь! Пойми, чудачка, ты же мне как дочь, а Стас человек ненадежный. Артист, правда, великолепный, а может, даже и гениальный, как ты изволила выразиться, но вот человек... У него было три жены...

— Ну и что? Меня это не смущает, почему это должно смущать вас?

— Он пьет...

— Многие пьют, но он не алкоголик... И вообще, может, он с горя пил, от непонимания, а я его понимаю, потому что люблю... И он меня понимает, потому что любит!

— Обалдеть! Когда вы успели-то? Ладно, только пообещай мне одну вещь.

— Какую?

— Что ты из-за своей неземной любви карьеру не бросишь! Не превратишься в няньку!

— Обещаю! К тому же Стасу не нужна нянька!

— Ой, мамочки, как же ты втюрилась!

— А со мной никогда еще такого не было! Я даже не думала, что способна на такое, Семен Романович, миленький, я сейчас самая счастливая женщина на свете. Сбылась моя мечта — я снимаюсь, и не у кого-нибудь, а у вас, и я встретила Стаса! Мне так хорошо, что даже страшно, — добавила она шепотом.

— С ума сойти... Но ты все же возьми себя в руки.

— Я возьму... Это просто вам я могу все сказать.

— Ладно, пора на площадку. Беги!

— А вы Стаса тоже на правёж будете вызывать?

— На правёж? Надо же! — рассмеялся Шилевич. — Нет, со Стасом это не пройдет. Все, беги!

Стаса отпустили со съемок в шесть, а Варе пришлось еще задержаться.

— Варежка, мне нужно смотаться по одному делу, а к девяти я за тобой заеду, идет?

— Идет!

— Ты молодчина, здорово играла...

— Тебе правда понравилось?

— Я никогда не вру в таких вещах. Лучше просто промолчу. Я люблю тебя.

— И я!

— У тебя хватит сил поехать к моим?

— Думаю, да... Я постараюсь.

— Она мне понравилась, Илюша! — сказала Марина Георгиевна.

— Да ничего вроде...

— Ты не заметил, как у нее глаза блестели, когда я рассказывала про маленького Стаська? Ей не было скучно. А как он с ней нежен...

— Да он со всеми своими девками был нежен!

— Тут по-другому...

— Ну, это ваши женские тонкости, я в них не разбираюсь. Настораживает, что она живет в другой стране, что там у нее сынишка... Она же будет туда рваться, а Стасу это будет больно.

К тому же он хочет своего ребенка... А ей карьеру строить надо, не до младенцев...

— Ничего, успеет еще, ей только тридцать. Года через четыре уже сможет себе позволить...

— Ишь чего захотела! Разве продержатся они четыре года?

— Ну, если не продержатся, так и говорить не о чем! А если бы сейчас она родила, а через год они бы разбежались?

— Тоже верно! Одно хорошо, свадьбу устраивать не будут. А то в четвертый раз это было бы просто смешно!

У Стаса по плану было три съемочных дня. Он отработал их без сучка и задоринки. И улетел в Крым на съемки другого фильма.

— Стас, как я без тебя буду?

— Отоспишься! — засмеялся он. — Ты мать в известность поставила?

— Нет пока... Мне кажется, лучше мы с тобой вместе приедем к ним.

— Так сказать, явочным порядком? — засмеялся Стас. — Вот не думал, что ты трусиха...

— Понимаешь, маме можно было бы сказать, а вот Никита... Когда он тебя увидит, ты ему понравишься, я знаю, а заранее он настроится против тебя...

— Может, ты и права. А у тебя там, наверное, кто-то был?

— Ну так ведь в прошлом уже!

— Все равно я его ненавижу!

— Да, кстати, а что там было с Верой?

Стас расхохотался.

— Я тебя обожаю! Значит, думаешь, я понравлюсь Никите?

— А разве ты можешь не нравиться?

— Еще как!

— Стас, я вот что еще хотела сказать... У меня есть в Москве однокомнатная квартира, она, правда, пока сдана, но в принципе ее можно было бы продать...

— Зачем?

— Ну, ты же собираешься покупать квартиру, я внесла бы свою лепту...

— Забудь!

— Почему?

— Потому что это квартира для твоего сына! А я уж как-нибудь справлюсь сам. И вообще, жить мы будем на мои деньги, а твои трать на сына, на маму, на себя... То есть я, конечно, тоже буду в этом участвовать...

— Нет, Стас, я так не согласна! Это нечестно! Я, конечно, пока еще немного получаю, но все равно!

— А может, пока тут поживем, спешить с новой квартирой не будем? А подзаработаем и купим домик за городом? Может, еще потерпим?

— Господи, Стас! Конечно, потерпим! Да и что терпеть-то? Здесь хорошо... Мне вообще никогда в жизни так хорошо не было...

— Слушай, а ты машину водишь?

— Я классно вожу машину!

— Так уж и классно? — ласково улыбнулся он.

— Пустишь за руль, покажу!

— Ладно, как-нибудь устроим показательные выступления! А хочешь, я тебе ключи от машины оставлю?

— Да нет, когда мне ездить?

— И вот еще что я хотел бы обсудить... Нехорошо, наверное, что мы распишемся, не пригласив на это мероприятие твою маму, а? Некрасиво как-то?

— Но мы же свадьбу устраивать не будем!

— Понимаешь, совсем ничего не устраивать не выйдет! Но мы устроим, как в старых романах, свадебный завтрак. Позовем только моих, Шилевичей, ну и, наверное, твою маму с сыном.

— Свадебный завтрак... Это здорово! Мне нравится! Но мама не приедет в любом случае!

— Почему? Из-за меня?

— Нет, из-за моей сестры.

— У тебя есть сестра, я не знал...

Варя все ему рассказала.

— Она, похоже, круглая дура, твоя сестра... Но все-таки... Может, теперь, когда ты выйдешь за знаменитого артиста, она успокоится?

— А мне как-то уже все равно.

— Ладно, там видно будет. Но на наш завтрак мы ее приглашать не станем?

— Да ни за что!

— И еще мне знаешь чего ужасно хочется?

— Чего?

— Чтобы на тебе была шляпка...

— Какая шляпка? — удивилась Варя.

— Такая маленькая шляпка, знаешь, как в заграничном старом кино, некоторые дамы на свадьбу вместо фаты надевают шляпку... Я дурак, да?

— Дурак, но такой любимый, что я поищу для тебя шляпку. Но тогда я надену костюм.

— Вот-вот! Именно костюм! Значит, ты согласна на шляпку?

— Конечно!

— Тогда погоди минутку!

Стас встал на табуретку и снял с антресолей большую круглую коробку.

— Стас, это что, неужели шляпка? — расхохоталась Варя.

— Ага, я ее увидал в одном бутике, сразу представил тебя в ней и купил... Примерь!

— А костюм ты тоже купил?

— Нет, я еще твоих мерок не знаю...

Шляпка оказалась очаровательная, из шелка цвета топленого молока, с такими же кружевами.

— Какая красотища! Прелесть!

— Ну надень же!

Варя покрутилась перед зеркалом, прилаживая так и эдак изящное творение современных модисток.

— О! Как тебе идет! — Стас сжал ее в объятиях так, что у нее кости захрустели.

— Пусти, а то не доживу до свадьбы!

— Доживешь, куда ты денешься! Знаешь, я еще хочу сказать... Тут, в этой квартире, до тебя вообще никого не было...

— В каком смысле?

— Во всех! Я домой девок не вожу, это у меня принцип. И вообще, дом — это крепость... Это только наше с тобой...

— А гости? Друзья к тебе не ходят?

— Ну, у меня друзей не много... И я предпочитаю встречаться с ними где-нибудь в кафе...

— То есть это нора, куда ты просто заползаешь?

— В общем, да. Это мое личное пространство, и, кроме тебя, тут нечего делать другим.

— А твоя мама? Отец?

— Ну, мама здесь была... Но в целом... Кстати, у тебя тоже должно быть твое личное пространство. Вторая комната твоя.

— А спать мы как будем, каждый на своем личном пространстве?

— Наверное, такое тоже возможно, но пока что даже не мечтай. И потом, ты вполне вписываешься в мое личное пространство...

— Я должна гордиться? — улыбнулась Варя, а у самой сердце сжалось. Какой он одинокий!

— Нет, просто принять к сведению. Видишь, я заранее, до свадьбы, все это тебе говорю, чтобы не было сюрпризов...

— Знаешь, я столько лет прожила в Европе и уже привыкла, что гостей зовут в кафе... Но если вдруг приедет Никита, мне его в гостинице, что ли, селить?

— Не делай из меня монстра и идиота! Никита часть тебя.

Вечером, когда Варя ехала домой после съемок — теперь за ней присылали машину — позвонила Анна Никитична.

— Варя, скажи, это правда или рекламный трюк?

— Ты о чем, мамочка?

— Это правда, что ты выходишь за Симбирцева? Почему, интересно знать, я должна узнавать об этом из Интернета?

— Мама! Я...

— Так это правда?

— Да! И я как раз сегодня собиралась позвонить тебе, я только еще еду со съемок...

— То есть, тебе неудобно говорить?

— Да!

— А ты уже не живешь в той квартире?

— Нет.

— У него живешь?

— Да!

— А Эммерих уже в курсе?

— Нет пока.

— Хорошо, как только приедешь домой, позвони. И не вздумай жаловаться на усталость, голод, никаких отговорок я не принимаю!

— Хорошо, мама.

Стаса дома не было. Но на кухонном столе стояла миска с нарезанным, но не заправленным салатом, а на плите прикрытая крышкой сковородка. И лежала записка: «Варежка, попробуй мясо с грибами! Люблю!»

Господи, а я-то как его люблю! Но сначала надо связаться с мамой. Варя включила компьютер.

— Варя, что ты творишь? Что ты делаешь со своей жизнью?

— Мама, а Никита знает?

— Нет. Пока нет.

— Мама, у меня кончатся съемки дней через десять, максимум две недели, и я смогу к вам вырваться, ты Никите пока ничего не говори, я приеду вместе со Стасом, он Никите понравится... Я убеждена. И тебе, кстати, тоже!

— Ну, как актер он мне давно нравится, а вот в качестве зятя... О нем такое пишут!

— Мама, не верь! Он самый лучший! Я вот сейчас приехала, его нет, я с голоду помираю, а на плите мясо с грибами, салат...

— Сам, что ли, приготовил?

— Сам! Он все умеет, у него золотые руки, и он такой одинокий...

— О! Плохо дело! Комплекс русской бабы. Жалеешь алкаша!

— Он не алкаш! Он за все время, что мы с ним, ни разу не напился, он счастлив со мной, мамочка! И он, кстати, сказал, надо обязательно позвать твою маму на нашу свадьбу!

— Я в Москву ни ногой!

— Я так ему и сказала!

— У вас будет пышная свадьба?

— Нет, только его родители и Шилевичи.

— Значит, будешь жить на две страны... Сына окончательно мне передашь... Так я и предполагала, если помнишь... Что ж, это твоя жизнь. Я буду только помогать по мере сил... И вот еще что... Я, пожалуй, покажу Никите несколько фильмов Симбирцева.

— Зачем?

— Пусть узнает его в лицо, когда вы приедете. Это не помешает.

— Мамочка, спасибо тебе! — растрогалась Варя.

— Значит, ты сейчас счастлива?

— Не то слово! Даже страшновато...

— Ну-ну, может, все и вправду будет хорошо. Значит, недельки через две вас ждать?

— Я так надеюсь...

— Ладно, иди ешь свое мясо с грибами, а то видок у тебя...

Варе казалось, что ничего вкуснее она не ела. Стас прислал эсэмэску: «Вернусь поздно. Поешь и ложись спать, меня не жди. Люблю».

Спать не хотелось. Варя решила заглянуть в Интернет, поглядеть, что там о них пишут. «Стас Симбирцев в очередной раз женится! Интересно, сколько продержится этот брак?

Отец артиста сомневается в продолжительности этой затеи. Кто избранница звезды? Никому неведомая актриса, которая снимается у режиссера Шилевича в его авантюрном сериале «Марта», некая Варвара Лакшина. В съемочной группе о ней говорят разное. Дмитрий Бурмистров, исполнитель главной роли, судя по недавним высказываниям, доволен партнершей, хотя, говорят, он сам имел на нее виды, но появление Симбирцева внесло коррективы. Кстати, из группы был по неизвестным причинам изгнан артист Максим Шевелев, он утверждает, что Симбирцев приревновал к нему Лакшину и потребовал, чтобы Шилевич избавился от Шевелева. Очевидно, участие звезды такого ранга, как Симбирцев, оказалось для продюсеров значительно важнее. О моральном облике г-жи Лакшиной ничего сообщить не можем, нам пока о ней ничего не известно, но, судя по тому, что поначалу шли разговоры о романе с Бурмистровым, а потом возник Симбирцев, не исключено, что и господин Шевелев пользовался вниманием неведомой красотки».

Варю колотил озноб. Боже мой, какая же мразь этот Макс! И как не боится, что Айгуль все же выложит в Интернет свою запись... Да ему плевать. Главное, кто первым начнет лить грязь... А там уж легко будет заявить, что с ним сводят счеты... Фу, зачем я в это полезла! Только бы Стас этого не прочел! Он ведь может набить скотине морду, и неизвестно, чем это кончится... Все, больше не желаю! И она выключила компьютер.

Вдруг зазвонил мобильник.

— Алло!

— Варя? — узнала она голос сестры.

— Да. Я, — холодно отозвалась Варя.

— Варь, это я, Марьяна!

— Привет! Что это вдруг?

— Варь, ну не злись, ты же умная, все понимаешь.

— Многое. И что твой звонок связан со слухами, которые обо мне ходят. Что конкретно тебя интересует?

— Слушай, ты правда за Симбирцева замуж выходишь? — в голосе сестры слышалось явное оживление.

— Правда.

— Слушай, и у вас что, прямо любовь с ним?

— Да, любовь. Но тебя это совершенно не касается.

— Почему? Мы же все-таки сестры?

— Да неужели?

— Варь, ну извини, ну я дура была...

— А сейчас поумнела, что ли?

— Варь, ну давай помиримся! Ну пожалуйста! И знаешь что, может, ты со Стасом приедешь к нам в гости, познакомишься с моим мужем, ну и я с твоим... Все же мы родня...

Варе было смешно и противно.

— Боюсь, в ближайшее время это нереально, мы оба страшно заняты.

— Варь, ну пожалуйста! Вот, кстати, муж пришел. Ваня, поговори с моей сестрой, пригласи к нам, может, тебя она послушает...

— Варвара? — раздался в трубке мужской голос. — Добрый вечер! По-моему, пора нам с вами познакомиться. Как-никак родня. Меня, честно говоря, огорчает, что сестры между собою не общаются. Давайте прервем эту затянувшуюся неловкость.

— Да я не против, но я еще пока очень занята, и мой муж тоже...

— Ну, я могу в любой день прислать за вами машину на студию, и вы поужинаете у нас, переночуете. Дом у нас огромный, после съемок искупаетесь в бассейне и будете как новенькие... Соглашайтесь, Варя!

— Я в принципе согласна, а что касается мужа, я с ним должна поговорить, его сейчас нет.

— Хорошо, в таком случае мы будем вам звонить. Спокойной ночи, Варя!

Он передал трубку жене.

— Варь, а может, мы с тобой вдвоем как-нибудь встретимся, может, выберешь часок-другой, пообедаем где-нибудь в шикарном месте...

— Марьяна, ты по-русски понимаешь? У меня не бывает сейчас этих двух часов. Съемки подходят к концу!

— Да ладно, не злись! Но обещай, что поговоришь со Стасом.

— Если будет такая возможность в ближайшие дни.

— Ладно, чувствую, ты устала. Тогда спокойной ночи!

— Ага!

Варе было смешно. Какой же Стас умный. Зато Марьянка и вправду дура. Может, при виде такого мужика, как Стас, ее престарелый олигарх, наоборот, загорится... Смешно, ей-богу!

Когда она проснулась от звонка будильника, Стас спал рядом и даже не пошевелился. Предплечье у него было заклеено пластырем. И вид измученный. Она тихонечко встала. Побежала на кухню. На столе лежала записка: «Варежка, не буди меня, мне сегодня к одиннадцати. Соскучился смертельно!»

Варя приняла душ, привела себя в порядок, наскоро перекусила и поставила в аэрогриль кашу из проделки, она как раз сварится к моменту его пробуждения. Стас обожает размазню.

Снизу позвонил водитель. Варя заглянула к Стасу. Он спал, она поцеловала его в заклеенное предплечье. И выбежала из квартиры. Бедный, он и так весь в шрамах, а теперь вот опять... Но раз просто заклеили, значит, ничего страшного. Она твердо верила, что маленькая беда отводит большую.

Подойдя к гримерке, Варя услышала голоса. Значит, придется немного подождать, решила она и села за занавеской. Лиза гримировала какую-то женщину. Варя прислушалась. Голос незнакомый. Вероятно, кто-то на эпизод... Лиза с восторгом рассказывала о вчера увиденном «Аватаре».

— То есть такой кайф, такая мегакрасота! Просто супер! Что это Варвара задерживается? На нее непохоже!

— Слушай, а это правда, что она с Симбирцевым связалась?

— Ты что? У них же мегалюбовь!

— Интересно, надолго этой мегалюбви хватит?

— Поживем—посмотрим!

— А ты как считаешь, она чего-то стоит?

— В каком смысле?

— Как актриса?

— Супер! Она как актриса супер!

— А мне кто-то говорил, совсем пустышка, просто Шилевичу приглянулась, он ведь уже старенький, вот она его и завела!

— Какой же он старенький? Всего пятьдесят шесть. И потом, хотела бы я знать, кто у нас такую вонь разводит? Ты, небось, от Макса это слышала, да?

— При чем тут Макс? По Москве слухи ходят, а дыма без огня не бывает!

— Знаешь что, красотуля, ты еще рылом не вышла сплетни пережевывать!

— Ладно тебе, Лиз, я сама видела съемку вчера. Ничего особенного, просто везучая девка и все! Нашла кому вовремя дать и умеет шифроваться! А Симбирцев это так, что называется, грех прикрыть! Не очень-то радостно из заграничной жизни на русского алкаша нарваться! Вот увидишь, закончится проект, и разбегутся они... Ну, если она не вовсе дура... Вот объясни мне, чего с ним-то так носятся?

— Потому что он мегаартист! А ты просто от зависти лопаешься!

— Ой, держите меня! Есть чему завидовать! Спать со стариком и притворяться влюбленной в алкаша!

— Ну все, ты меня достала! Свободна!

— Лиза, побойся бога, что за рот ты мне нарисовала?

— Я нарисовала нормально, но я не виновата, что у тебя изо рта мегажабы скачут! Ой, Варь, ты давно тут сидишь?

— Минут десять.

Загримированная девушка ойкнула и убежала.

— Все слышала?

— Все!

— Ништяк, это неизбежно в нашем деле! Зависть, куда денешься! Садись, все успеем, Романыч с генеральным встречается. Будет через час.

— Черт, знала бы, успела бы Стаса завтраком покормить, как жалко...

— Ой, Варька, достанется вам! Так полоскать будут! Какая-нибудь бывшая жена напишет в «Караване», какой он хам и мегаподонок и вообще... Только ты не верь, он отличный парень!

— Ты же сама меня им пугала! — со смехом напомнила Варя.

— Ну, он не сахарный вообще-то. Но я тебе так скажу — если выбирать между Димой и Стасом, хотя Димка красавец невозможный, я бы выбрала Стаса!

— Почему?

— Понимаешь, на самом деле для жизни оба не годятся, артисты, но в Стасе мужика очень много, и играет он в основном настоящих мужиков, но это у него природное, я думаю, он и в жизни мужик, а Дима... он тебе любого мужика сыграет, а в жизни... черт его разберет.

— Дима хороший! Он друг. А Стас...

— Ой, Варька, с тобой вообще нельзя про Стаса говорить! У тебя такие глаза делаются... Умереть — не встать!

— Лиз, а кто эта девица?

— Какая девица? А, эта... Да так, лицо в толпе... Завистью так исходит, что ни фига у нее не выйдет. Как и у Макса, кстати.

— Да он же все время снимается...

— Скоро перестанет.

— По-твоему, успеха только хорошие люди добиваются?

— Да нет... Просто у некоторых хватает ума играть в жизни хороших людей. А такое явное мерзавство...

— Хорошее слово — мерзавство! — улыбнулась Варя.

В гримерную заглянула Надежда Михайловна.

— Варежка, привет! Ты скоро?

— Ой, Надежда Михайловна! — обрадовалась Варя. — Как вы?

— Ты уже знаешь новости?

— Какие? — испугалась вдруг Варя.

— Руководство канала потребовало, чтобы линию Макса сохранили и, более того, довели до конца по первоначальному варианту.

— Да вы что! — воскликнула Лиза.

— Сеня пошел к генеральному ругаться...

— С ума сойти! Вот сволочуга! Просто мегаскотина!

Варя сейчас даже рта открыть не могла, Лиза не позволяла.

— Ну и эти канальи с канала тоже хороши! В какое положение Семена Романовича ставить! Мегасвинство!

— Ничего, он его при монтаже сократит до минимума! — улыбнулась Надежда Михайловна. — Надо знать Сеню! Только, девочки...

— Мы даже не могила! Мы целый склеп! — заверила ее Лиза.

— Лиза, ты прелесть! — засмеялась Надежда Михайловна.

— Ну вот, получайте вашу Марту!

— Спасибо, Лиза!

— Варежка, — Надежда Михайловна взяла Варю под руку. — Пойдем, что ли, кофе выпьем, боюсь, Сеня быстро не отделается! Ну, как тебе живется, детка?

— Как в сказке, хотя времени нет совсем, я Стаса уже два дня практически не видела... Но все равно!

В этот момент пришла эсэмэска. «Спасибо за кашу. Ты самое большое чудо в моей жизни».

— От него? — улыбнулась Надежда Михайловна.

Варя молча кивнула.

— Знаешь, ты очень понравилась его маме.

— Да? А папе не понравилась?

— Почему? Просто папе не очень-то есть дело до семейной жизни сына, он весь в своей газете. Но Марина сказала, что ты очаровательная, и еще ей кажется, что ты на него положительно влияешь, вот!

— Ой, вы знаете, он такой... Он купил мне шляпку!

Варя рассказала о шляпке.

— А платье-то какое к этой шляпке? Лучше бы костюм. А когда женитесь?

— Это пока секрет! Но вам я скажу! Мы никого, кроме вас с Семеном Романовичем и родителей Стаса, не зовем. Это будет свадебный завтрак...

— Завтрак?

— Именно! А потом мы улетим к маме. Надо же Стаса познакомить с Никитой...

— А мама твердо уверена, что не хочет приехать?

— Да! Кстати, вчера сестрица моя прорезалась. Впрочем, ну ее... Надежда Михайловна, миленькая, что же за пакости пишут в Интернете...

— Ты про ваш с Сеней роман? Да наплевать! Я давно уже не суюсь в Интернет, только если нужна какая-то строго определенная информация. А так ни-ни!

— Откуда же вы знаете, что там пишут?

— А подружки и доброжелатели на что? Кстати, ты тоже без дела туда не лазай, только нервы испортишь. Про Стаса там много понаписано!

В кафе влетела вся красная Айгуль.

— Варя, на площадку! Здрасьте, тетя Надя! Победа, девушки, победа!

— Кто победил-то, Гулечка?

— Семен Романыч! Он такой умный! Взял с собой юриста, сказал, что при монтаже имеет полное право вырезать все, что хочет, и вырежет этого подонка! А не нравится, его с восторгом перекупит другой канал и адью! Вместе с фильмом! И вообще он уходит в другую структуру. Пусть выбирают, кто для них важнее, он или Макс.

— Да? Я даже ничего этого не знала. Да, здорово Сеня закалился. Раньше рохля рохлей был, а теперь боец! Вот только здоровья на эту борьбу уходит немерено!

Наконец съемки завершились! Варя испытывала неимоверное облегчение и в то же время тоску, хотя Катя Вершинина уже предложила ей несколько сценариев. Но Стас, просмотрев их, заявил:

— Нет, Варежка, это все не годится!

— А вот это, по-моему, ничего, тут есть материал.

— Согласен, но снимать будет редкая скотина, я тебя ему не отдам. Погоди, вот выйдет «Марта», тогда тебя завалят предложениями.

— Но до этого же еще полгода, не меньше!

— А ты отдохни, и вот еще что... Езжай-ка ты на несколько деньков к сыну, а то я же вижу, в глазах тоска появилась.

— Стас, но мы же хотели вместе...

— У меня сейчас не получится, а у тебя есть пока время. К свадьбе поспеешь. У меня для тебя будет маленький послесвадебный сюрприз, поедем с тобой в одно дивное место, а оттуда уже на обратном пути заедем к твоим.

— Думаешь?

— Убежден! Хотя мне и трудно с тобой расстаться. Давай, подготовишь Никиту.

— Стас, а какой сюрприз, куда ты меня повезешь?

— Какой же это будет сюрприз, если я тебе все разболтаю? Я специально освободил себе целую неделю. И не пытайся из меня что-то вытянуть. Бесполезно! Так я заказываю тебе билет?

— Заказывай!

В аэропорту Варю встречали Анна Никитична с Никитой.

— Мама! Мамочка! Мамулечка! — шептал Никита, повиснув у нее на шее. — Мамулечка, ты вернулась! Я так соскучился, так соскучился!

— Никитка, маленький мой!

— Никита, отпусти маму, ты ей шею сломаешь! — одернула внука Анна Никитична.

— Мама, ты теперь звезда? — спросил Никита, когда они сели в машину.

— Пока еще нет! И большой вопрос, буду ли! — радостно смеялась Варя. — Мама, я сама сяду за руль, мне в Москве не удавалось ездить.

— Садись! Вспоминай свою прежнюю жизнь, а то и впрямь, если звезды из тебя не выйдет, вернешься сюда... Хотя, судя по всему... Да, позавчера звонила Гудрун, интересовалась, как дела.

— И что ты ей сказала?

— Что все хорошо. А она просила передать — если захочешь вернуться, она не против.

— Ох, даже подумать не могу, тошно! — прошептала Варя.

— Так понравилось сниматься?

— Мамочка, ты прости меня, но я там даже дышу по-другому...

— Разумеется! Тут воздух горный, чистый, а там ужас какой-то!

— Если бы ты знала, насколько легче мне там дышится!

— Из-за Симбирцева? — тихонько спросила Анна Никитична.

— Не только. Но он для меня как кислород...

— У тебя на лице все написано! А почему ты одна приехала?

— А с кем ты должна была приехать? — донесся с заднего сиденья голос Никиты.

— С режиссером! — быстро ответила бабушка.

— А!

— Мамочка, поговорим вечером! — шепнула Варя.

— Ты с Марьяной не встречалась? — спросила после долгой паузы Анна Никитична.

— Нет. Ее же надо было искать, а у меня времени совсем не было!

— Ну еще бы!

— Мама, но я же...

— Не встречалась и слава богу! Расскажи лучше про фильм.

— Ничего не могу рассказать! Я его не видела. Семен Романович не показывает артистам материал, сколько я ни умоляла, он ни в какую!

— По принципу: целому дураку полработы?

— Именно!

При виде своего дома Варя подумала: интересно, а Стасу тут понравится? Дом выглядел очаровательно. В палисаднике цвели анютины глазки.

— Мамочка, смотри, это мы с бабушкой высаживали! Ты не знаешь, почему по-немецки это называется мачехочка[1], а по-русски — анютины глазки! Бабушкины! Тебе нравится?

— Очень, я в восторге!

— Вот что, вы с Никитой пообщайтесь, а я пока накрою на стол...

— Мам, мы все твое любимое сготовили!

---

[1] Stiefmütterchen (*нем.*) — ласкательное от мачехи.

— Ты тоже готовил?

— А как же! Бабушка говорит, я незаменимый помощник!

— Ну, незаменимый помощник, рассказывай, как вы тут без меня жили?

После ужина Никита разбирал подарки и вдруг уснул на ковре в детской.

— Переволновался! Он так тебя ждал!

— Пусть поспит немножко.

— Нет, так не годится! Надо его разбудить, пусть примет душ и ляжет нормально спать.

— Жалко!

— Что за богемная чушь! Ребенок не может спать, где упал!

— Ладно, я сама его уложу!

— И приходи на кухню, поговорим!

Через полчаса она спустилась на кухню. Мать ждала ее. Заварила чай, поставила на стол Варины любимые конфеты и привезенные из Москвы сушки с маком.

— Ну что, Варюша? Любовь?

— Да, мама. Даже не думала, что я на такое способна.

— Знаешь, я тут попыталась показать Никите фильмы с ним... Мне-то он очень нравится. А вот Никита как что-то почуял. Сказал: не хочу я смотреть на этого дядьку. Он мне не нравится! И все тут!

— Мама, как такое возможно? Стас самый обаятельный... такой мужественный, мальчишки должны с ума по нему сходить!

— И тем не менее! Может, я напрасно это сделала? Может, непосредственное знакомство было бы лучше?

— Да я просто уверена, что, когда Ник увидит Стаса, а главное, поговорит с ним, все будет отлично! Стас чудесно умеет общаться с детьми.

— Варька, я никогда тебя такой влюбленной не видела! Ты так похорошела, хоть вид и замученный. Устала?

— Есть немножко! Но я тут отосплюсь... Мама, ты действительно ни за что не хочешь в Москву, на нашу свадьбу, хотя свадьбы как таковой...

— Варя, ты совсем отупела? Я уж сто раз говорила — ноги моей в Москве не будет! Скажи лучше, что с Эммерихом?

— А что с Эммерихом? Да ничего!

— А мне жаль! Он тебе в сто раз больше подходит!

— Мама, не подходит он мне! Совершенно! И, по-моему, он догадался, что я кого-то встретила. Мы первое время еще общались, а потом все сошло на нет, как-то само по себе.

— Дело твое, но я, честно говоря, не верю в долгие отношения с таким человеком.

— Он самый лучший из всех, кого я знаю! Самый талантливый, добрый, заботливый... Вот представь себе, я поздно возвращаюсь со съемок, даже если его нет дома, меня все равно ждет ужин. Он чудесно готовит... Он все умеет... У нас кран потек, он сам починил...

— Подозрительно!

— Почему?

— Слишком идеальный вариант. Так не бывает! Боюсь, там еще такие черти в этом омуте водятся! И тебя ничего не настораживает, не смущает?

— Только одно.

— И что же это?

— Он не любит, чтобы в дом приходили чужие люди. И даже свои. Он очень старательно оберегает свое личное пространство.

— От тебя тоже?

— Нет. От меня нет.

— Что ж, его можно понять. При такой популярности и узнаваемости...

— Да, это тяжело. Мы как-то заехали поужинать в скромный тихий ресторанчик. Так его немедленно узнали, стали приглашать выпить, да так настойчиво, по-хамски... В результате мы оттуда просто удрали. Заехали в ночной супермаркет, он сидел в машине, а я пошла в магазин.

— А скоро и тебя станут узнавать... Тогда что?

— А мне этого хочется, мама! Пока еще хочется! А вот с Димой Бурмистровым мы как-то ужинали, ничего, все было спокойно.

— Ну, это не удивительно. Бурмистров играет другие роли. Симбирцев он такой, что называется, свой парень. А Бурмистров нет.

— Да, ты права, мамочка!

— Ну, а теперь расскажи толком, как у вас все сладилось со Стасом?

Стас летел из Одессы, где снимался в военном сериале. Хорошенькая стюардесса зазывно ему улыбнулась. Он улыбнулся в ответ. Но просто из вежливости. А ведь раньше я бы на нее отреагировал... Люблю таких синеглазеньких... Смешно, Варежка женщина совершенно не моего типа. Но как же тоскливо думать, что приду в пустую квартиру... А она там, может, встречается с каким-нибудь немцем, с ненавистью подумал он. И тут же одернул себя — чушь собачья! Она там с сыном. И ведь сына она любит больше, чем меня. Но это только естественно. Она же не урод... Он маленький, он в ней нуждается... А я? Я тоже в ней нуждаюсь. Как там у Цветаевой: «У кого-то надоба смертная во мне...» У меня смертная надоба в ней! Как она улыбается, как смешно морщит нос, когда видит что-то вкусное... и как она странно ненавязчива. Ни разу даже не спросила, люблю ли я ее. Ненавижу этот вопрос, но она ведь не знает, что я его ненавижу! Какое счастье, что я ее встретил!

Как только самолет приземлился в Шереметьеве, он включил мобильник и позвонил матери. Трубку взял отец.

— Стасик? Ты где?

— Пап, ты дома?

— Дома, а что?

— А мама?

— И мама. Ты хочешь заехать?

— Хочу! Я только прилетел из Одессы. А Варежки нет.

— Ждем!

— Стас приедет? — спросила Марина Георгиевна.

— Ну да! Варежки, видите ли, нет.

— Она к сыну уехала.

— Смешно, ей-богу, здоровенный мужик, а попал в рабскую зависимость к какой-то очередной актрисуле!

— Илья, что ты кипятишься? Он просто любит эту женщину. И она его, кстати, тоже! А ворчишь ты потому, что я без Стаса обеда тебе не дам! И ты это понимаешь. Если совсем уж невтерпеж, съешь вот морковку.

— Я что, заяц? — возмутился Илья Геннадьевич. Но морковку все-таки взял. — Вот скажи мне, Мариша, у нас же большая квартира, почему им надо жить на съемной, платить большие деньги, когда здесь они были бы на всем готовом, хоть ели бы по-человечески, я этого не понимаю!

— Илюш, мы уже сто раз об этом говорили! Не нужно этого. Пусть сами живут! У них любовь, им никто другой не нужен, разве не ясно? Да и мне ни к чему вторая хозяйка. Успокойся, все правильно.

— Понимаешь, я боюсь, что из этого скоропалительного брака опять ни черта не выйдет. Ну что за идея — свадебный завтрак в присутствии только Шилевичей?

— По-моему прекрасно! Не надо тратить сумасшедшие деньги на кучу ненужных людей, которые перепьются, а то и передерутся... А завтрак — это очень изящно. А потом они улетят.

— Куда, интересно?

— Пока еще не знаю.

— Ну вот, все по секрету, даже от родителей!

— Ну скажи мне, какая тебе-то разница, куда они полетят? Уверена, что куда-нибудь в хорошее место, где ни одна душа не знает Стаса. В хороший отель, Стас любит комфорт.

— Ну да, поэтому из любви к комфорту он весь ломаный-переломаный! Любил бы комфорт, соглашался бы на каскадеров!

— Илюша, ты просто старый ворчун! Скорее всего, у тебя что-то на работе не ладится, да?

— Да так, ерунда, рабочие моменты. А вообще, дай мне еще морковку!

Каждую свободную минутку Варя проводила с сыном. Ее так и подмывало рассказать ему о Стасе, но каждый раз что-то останавливало. Боюсь я, что ли? Она повезла Никиту на теннис. И пока он занимался с тренером, она сидела на лавочке. Ей кто-то позвонил. Номер не определился.

— Алло!

— Привет, подруга!

— Дима? Ты? — вдруг страшно перепугалась она. — Что-то со Стасом?

— Ууу, какой тяжелый случай! Все в порядке с твоим Стасом. Но у меня к тебе деловой разговор! Помнится, ты хотела сыграть в театре? Так вот, есть роскошное предложение — в высококлассной антрепризе планируют спектакль на двоих! Ты и я! Как тебе такая идея? Я рекомендовал тебя, режиссер очень заинтересовался. Кстати, хороший режиссер, и пьеса отличная!

— Дима, я даже не знаю! — растерялась Варя.

— Варь, не будь дурой! Предложение супер! По крайней мере не будешь ждать у моря погоды. Я всегда тебе говорил, ты можешь и должна играть в театре! Соглашайся, только не говори, что спросишь Стаса! Я вчера его видел, он не против.

— Правда?

— Не веришь, позвони ему, спроси, — рассердился Дима. — Это ж надо, как дуреют влюбленные бабы!

— Хорошо, я согласна!

— Вот и славно! Только прилетай не позже, чем послезавтра!

— Ой, а я хотела только в воскресенье прилететь...

— Значит, прилетишь в пятницу! Время не терпит!

— Я постараюсь!

— Короче, если в пятницу не прилетишь, считай, эта затея накрылась медным тазом! Режиссер ждать не станет, у него есть собственная кандидатура, так что...

— Но если есть собственная, то я ему априори не подойду!

— Ерунда, но просто сроки действительно поджимают. Варюха, не упусти шанс! Там, кстати, надо петь, а кандидатура режиссера поет из рук вон плохо! Короче, я все сказал! Пока!

Он отключился.

Господи, что же мне делать? Уехать раньше? А как же Никита? А может, взять его с собой на несколько дней? Ему же будет интересно! А что, отличная идея! Телефон зазвонил снова. Нина Мурадян.

— Варвара? Привет!

— Привет! Что-то случилось?

— Ничего пока! Слушай, у нас тут такая история заварилась... Нашелся один спонсор... Короче, он спонсирует часть рекламной кампании к «Марте». Для начала устраивает роскошную тусовку уже в эту субботу. Ты должна быть во что бы то ни стало! Я уже связалась со Стасом, он согласен пойти.

С ума они все посходили, что ли? Первым делом Стаса спрашивают... Бред!

— Варя, приезжай, ты просто обязана приехать! Ты главная героиня, без тебя нельзя! И ты должна быть в вечернем платье! Дорогу мы тебе оплачиваем. Кстати, я уже заказала билет и машину в аэропорт! Стас тебя встретить не сможет. Вылетаешь в пятницу рейсом в семь утра!

— Нина, я хочу взять сына...

— Это уже твое личное дело, Варя! — сурово проговорила Нина.

Нет, это надо же! Выяснили даже, сможет ли Стас меня встретить... Совсем, что ли, меня за идиотку считают? Первым делом к Стасу обращаются, и если Стас дал добро, меня уже можно не спрашивать, я в таком случае возражать не буду! С ума сойти! Вот человек сумел себя поставить... Но при мысли о Стасе весь организм залило теплом. Любимый мой! Положим, на тусовку я могла бы и наплевать, но вот спектакль с Димой... С ним играть одно удовольствие, он потрясающий партнер!

— Мама! — подбежал к ней раскрасневшийся Никита. — Ты чего такая?

— А ты? Почему не в душе? Быстро беги, я жду!

В этот момент к ней подошел тренер.

— Фрау Шеффнер! Ники очень способный, но он ленится...

И пока Варя выслушивала жалобы и советы тренера, вернулся из душа Никита и сел на лавочку ее поджидать.

Наконец тренер от нее отвязался, Варя повернулась к сыну. Он возился с ее телефоном, и лицо у него было странное.

— Ники, оставь в покое мой телефон.

Он протянул ей мобильник.

— Я хочу спросить тебя... Мне придется уехать немного раньше, ты не хотел бы поехать со мной?

— Нет! — очень решительно ответил Никита.

— Почему?

— Потому что я не желаю! — отчеканил он. Взгляд у него был холодный, неприязненный. Что такое?

— Ники, что случилось?

Он взял у нее из рук телефон, нажал на кнопочки и вернул телефон ей. Там была фотография Стаса.

— Ты за него замуж собираешься? Я знаю! А я не хочу! Я останусь тут, с бабушкой, а с ним даже знаться не желаю!

— Ники, маленький мой, ты же его совсем не знаешь...

— Знаю! Видел! Он плохой! Он все время дерется, убивает... Я не хочу!

— Ник, ты же умный парень, что ты дурака валяешь? Он ведь актер, я вот тоже дралась в фильме, и даже убила одного гада, и что?

— Мама, я уже все сказал!

Так, весь в бабку!

— Ну что ж... Но я же люблю его! Он самый лучший!

— Пусть, но я не хочу!

— И тебе наплевать, что я буду несчастной без него?

— А тебе наплевать, что я буду несчастным с ним?

— Но ты же его не знаешь... — совершенно растерялась Варя. Она не могла ожидать подобной реакции.

— И не надо!

— И в Москву поехать не хочешь?

— Нечего мне делать в этой Москве! А если ты уедешь, я тебя тоже любить не буду! Вот! — уже в совершенной истерике выкрикнул Никита.

— Так, садись в машину, дома поговорим!

Едва она въехала во двор, Никита пулей вылетел из машины и помчался в дом.

— Что это с ним? — встретила Варю Анна Никитична. — А у тебя что с лицом? Поругались?

— Ох, мама, он весь в тебя!

— Да что такое, объясни толком!

Варя рассказала матери все.

— Мамочка, что мне делать?

— Тебе? Ты по-прежнему хочешь быть актрисой?

— Господи, да я всю жизнь об этом мечтала!

— И Стаса своего любишь?

— Жить без него не могу!

— Значит, поезжай, а с Никитой я разберусь, не сомневайся! Это просто детская ревность! Я уж сумею с этим справиться.

— Но как?

— А я постепенно буду объяснять ему, что он не имеет права решать судьбу матери... И он поймет, не враз, но поймет. А ты пока не приезжай и Стаса не привози. Я внушу Нику, что он тебя обидел, вот ты и не приезжаешь...

— Мама, это жестоко, он же маленький еще.

— Знаешь, мальчиков надо воспитывать жестко, особенно если в доме нет мужчины. И недопустимо, чтобы мальчик, даже маленький, обижал девочек, даже больших! Я не хочу чтобы мой внук вырос эгоистом и негодяем! А ты езжай! Выходи за Стаса, только не надо венчаться!

— Мы и не собирались!

— Короче, пока я жива, живи своей жизнью и поверь мне, очень скоро Никитка одумается. Он же тебя безумно любит... И я вовсе не хочу, чтобы он стал таким же непримиримым, как его бабка...

Варя безмерно удивилась. Мама жалеет о своей непримиримости? Невероятно!

К ужину Никита явился надутый.

Интересно, почему же он совершенно не ревновал меня к Эммериху? А Стаса невзлюбил, даже ни разу не видев его? Он своим детским сердчишком чувствует, что Стаса я действительно люблю? А в Эмми он соперника не чуял? Чудеса, да и только!

Никита молча съел все, что бабушка ему положила, вежливо поблагодарил и убежал к себе, не сказав ни слова.

— Мамочка, ну что мне делать? — со слезами на глазах прошептала Варя.

— Ни в коем случае не допускай даже мысли о том, что ты должна всем пожертвовать ради сына! Это самая большая глупость, какую может сделать женщина в твоей ситуации. Если бы надо было жертвовать собой ради спасения жизни и здоровья ребенка, тут даже вопроса быть не может! Но ради каприза — ни в коем случае. Никита мальчик вполне нормальный, здоровенький душевно и физически, тьфу, тьфу, тьфу, чтоб не сглазить. Пойми, он же вырастет, уйдет из дома, а ты останешься с разбитой жизнью и разбитым сердцем, как ни пошло это звучит.

— Мамочка, какая ты умная! Как хорошо иметь такую мудрую маму! — Варя обняла мать, поцеловала раз, другой, третий...

— Ну-ну, все хорошо, Варюшка...

— Мам, я попробую пойти к нему, поцеловать на ночь, уложить...

— Укладывать его не нужно, он уже большой, а поцеловать на ночь — это всегда хорошо. И, кстати, объясни ему, что, помимо всего прочего, тебе нужно зарабатывать деньги. Это он поймет. И не заводи с ним разговоры про Стаса.

— Не факт, что он вообще будет со мной разговаривать.

Варя как в воду глядела. Войдя в детскую, она увидела, что Никита лежит в постели, отвернувшись к стене, и делает вид, что спит крепким сном, хотя она понимала — он притворяется. Ну и пусть, даже с некоторым облегчением подумала она, подошла и поцеловала его в затылок.

— Ну спи, ревнивый дурачок, — прошептала она.

— Притворяется спящим? — усмехнулась Анна Никитична, когда Варя спустилась в кухню.

— Конечно!

— Ладно, все образуется, помнишь, кто так говорил?

Варя рассмеялась.

— Чего ты смеешься? Не помнишь?

— Помню, конечно. Лакей Стивы Облонского, да? А смеюсь я потому, что наш оператор Борис Аркадьевич обожает так же экзаменовать артистов. А я ни разу не опозорилась, и он меня за это нежно полюбил!

Когда Варя уже легла, позвонил Стас.

— Варежка, я дико соскучился!

— И я. Дико!

— Ты прилетаешь в пятницу, да? Не дали тебе побыть с сыном? Может, возьмешь его с собой, у него же каникулы?

— Не получится, я тебе потом объясню! Стас, скажи, почему они все к тебе сперва обращаются? И Димка, и Нина?

Он рассмеялся.

— Уважают! Считают меня эдаким домостроевцем. Но это же неплохо! Или тебе обидно?

— Нет, даже приятно. Но немножко странно...

— Ерунда, привыкнешь! Вот что, Варежка, на эту тусовку, будь она неладна, нужно какое-то зашибенное платье!

— Какое? — не поняла Варя.

— Зашибенное! Чтобы все, кто тебя увидит, говорили — зашибись! Ты там подумай, может, что-то найдешь!

— Вообще-то странно, что ты мне его еще не купил, как ту шляпку.

— Не успел просто! Варежка, я тебя встречу, у меня там перемены в расписании.

— Правда? Какое счастье!

— Неужели послезавтра я тебя обниму? Я уже стал варькоманом и сейчас у меня ломка.

— Господи, как я тебя люблю!

В самолете Варя сидела у окна. Рядом уселись две русские девушки. Красивые, прекрасно одетые. Одна из них перед тем, как выключить мобильник, кому-то позвонила.

— Петушок, я уже в самолете! Скоро увидимся, да? Я не просто довольна, я счастлива!

По-видимому, Петушок что-то хорошее говорил ей, потому что она все шире улыбалась. Потом пролепетала что-то неразборчивое, чмокнула невидимого Петушка и отключила телефон.

— Ну чего, чего он говорит?

— Что я типа офигенно потрясающая!

Девицы прыснули.

— Ты, конечно, офигенно потрясаешь мужскими кошельками!

Они засмеялись. Бедные, бедные, думала Варя, у них нет такой любви, как у нас со Стасом... Но им, наверное, и не надо...

Стюардесса разносила свежие московские газеты. Варя взяла одну наугад. Просмотрела, и ей сразу стало скучно. Сложила и сунула в карман переднего кресла. Закрыла глаза и представила себе лицо Стаса. И вдруг совершенно дурацкая мысль родилась в голове. Почему он так легко согласился, чтобы я играла в антрепризе с Димой? Неужто совсем не ревнует? Или так железно в себе уверен? Или во мне? А я-то в себе уверена? Да! Да!! Да!!! Мне никто, кроме Стаса, не нужен!

— Гелька, глянь, твой Стас какой теперь стал!

Варя открыла глаза и облилась холодным потом.

Ее соседка держала в руках газету с крупным заголовком: «Новая таинственная любовь Симбирцева» и фотографией — Стас держит в объятиях Варю. Она сразу вспомнила, где это было снято. Кадр из фильма! Но что значат слова «твой Стас»? У этой «офигенно потрясающей» девицы был роман с ним? У Вари потемнело в глазах. А девицы продолжали трещать.

— Интересно, что это за баба?

— Да артистка какая-то. Говорят, Стас ее прямо из-под Шилевича уволок! Он же скорый малый! Раз — влюбился, два — женился, три — развелся!

— А ты с ним совсем завязала?

— Да как тебе сказать, — многозначительно усмехнулась Геля.

— Да так вот и скажи!

— Ну, встречаемся изредка в интимной обстановке, когда есть такая возможность... Но нечасто, сама понимаешь, Петушок у меня ревнивый, а Стас трудоголик...

— Слушай, а чего ж он на тебе-то не женился?

— Да зачем мне это надо? Он, конечно, «звезда», но характер кошмарный, денег не так много, вечно на съемках, а нет, сидит как дурак, роли свои расписывает...

— Как расписывает? — не поняла подружка.

— Кажется, по системе Станиславского, что ли. Играет какого-нибудь дуболома, а сам ему биографию придумывает. Тоска, одним словом!

В койке хорош, это да, но для меня не это главное, сама знаешь!

— Ну, твой Петушок тоже не очень щедрый.

— С чего это ты взяла?

— А чего эконом-классом летаешь?

— Дура ты! Мне свободные средства нужны, беру билет в эконом-классе, он мне отстегивает за бизнес, разница существенная получается!

Варю тошнило.

Привыкай! Сказала она себе. Ему тридцать шесть, у него до тебя была тьма женщин, и мало кто из них откажется обсудить с подружкой его личную жизнь в связи со своей... А сколько еще девок привирают? Это же круто — роман со звездой! А эта Геля, похоже, вообще врунья... Мало-помалу она успокоилась. Это — прошлое! А я — настоящее... и будущее Стаса Симбирцева!

«Зашибенное» платье Варе за сутки сшила приятельница матери, фрау Витачек, работавшая в свое время в мастерских Венской оперы.

— Ах, Барбара, точно такое платье я когда-то сшила для одной чрезвычайно знаменитой певицы, кстати, из России. У нее был концерт, а платье украли. Времени почти не оставалось, и я ей сделала платье за полдня! И она осталась довольна! Сейчас за полдня я уже не управлюсь, но если Анна будет строчить, за день, думаю, получится!

И ведь получилось! Когда Варя его надела, фрау Витачек всплеснула руками:

— Анна, ты не поверишь, но на Барбаре это платье выглядит в сто раз лучше, чем на той певице.

— Зашибись! — воскликнул Стас, когда она ему продемонстрировала новый наряд. — То, что надо! Только прошу, никому не проговорись про фрау Витачек! Если будут спрашивать, загадочно улыбайся и все!

— Стас, ты всерьез думаешь, что я полная дебилка?

— А как же! Я вот смотрю, вижу в глазах какую-то муку, не имеющую отношения к фрау Витачек. В чем дело, Варежка? Ну иди сюда, сядь ко мне на колени и расскажи? Что-то не так с Никитой, да?

— Откуда ты знаешь? — у Вари из глаз потекли слезы, она прижалась к Стасу.

— Оттуда! Потому что ощущаю тебя как часть себя самого. Ну, выкладывай!

Она выложила ему все.

— Ерунда! Это естественно! Он ревнует. Ничего, у тебя очень умная мама, она с этим справится. А потом мы с тобой приедем к ним, и все будет хорошо. Он же растет, умнеет... Так бывает, Варежка!

— Стас, а кто такая Геля?

— Геля? Понятия не имею! А почему ты спрашиваешь?

Варя рассказала и это.

— Слушай, вполне возможно, была какая-то Геля, разве всех упомнишь?

Варя заплакала.

— Чего ты ревешь, дуреха?

— Я их всех ненавижу!

— Хватит лить слезы, надо привести себя в порядок и поедем на встречу с Димкой и Филиппом.

— Кто такой Филипп?

— Режиссер, темнота! Филипп Рубан, моднючий режиссер.

— А ты тоже поедешь? — удивилась Варя.

— А как ты думаешь?

— Ну, я не знаю...

— Тебе это неприятно?

— Мне приятно, но я не уверена, что следует так меня опекать... Я-то не против, но ведь вряд ли ты сможешь делать это постоянно...

Стас расхохотался.

— Молодец, Варежка! Я вовсе не собираюсь вмешиваться, я просто тебя отвезу!

— Ты меня испытывал, что ли?

— Ну, типа того!

В машине Варя спросила:

— Скажи, а что это за тусовка, почему вдруг такая суета? Или так принято?

— Да нет, просто Романыч, кажется, нарыл какого-то щедрого спонсора на следующий фильм, они вроде бы поладили, и этот спонсор решил заодно и «Марту» подраскрутить.

— Я думала, это привилегия канала.

— Вообще-то да, но в наше время канал тоже не прочь сэкономить, это с дорогой душой!

— Стас, расскажи мне про этого Рубана!

— Он талантливый, выдумщик, эстет, но голубой.

— Ох, а Дима же...

— Дима красавец, Филипп обожает работать с красивыми мужиками, но, насколько я знаю, у него есть постоянный... любовник, из балета. Так что Диме ничего не грозит. А роль классная, это то, что надо для начала театральной карьеры. Такой партнер, как Димка, всегда поддержит, поможет.

— А ты к нему не ревнуешь? — лукаво спросила Варя.

— Да нет. Я доверяю тебе, Варежка.

Дима и Филипп ждали ее в пустом кафе на свежем воздухе. Филипп был в белой рубашке с рюшками. Черные вьющиеся волосы ниспадали на плечи. Он выглядел очень театрально и романтично. Стас не стал заходить и сразу уехал.

— О, а вот и наша Варя! — воскликнул Дима. Он слегка приобнял ее за плечи. — Филипп, познакомьтесь. Варюша, это наш знаменитый режиссер...

— Душевно рад! Димочка столько о вас рассказывал! У вас интересное лицо... Ну, произнесите же что-нибудь, я хочу слышать ваш голос!

— Очень рада встрече!

— Ах боже мой! Говорите, говорите, говорите!

— Что говорить? — растерялась Варя.

— Ну читайте стихи, черт побери!

Варя так испугалась, что все стихи вылетели из головы. Она растерянно оглянулась на Диму.

— Что-нибудь! — шепнул он.

И вдруг она вспомнила стихи Северянина, которые любила с детства.

— От грез кларета в глазах рубины,
Рубины страсти, фиалки нег,
В хрустальных вазах коралл рябины
И белопудрый и сладкий снег...

Краем глаза она увидела, что Филипп блаженно закрыл глаза. Впопыхах она пропустила одно четверостишие и закончила:

— О бездна тайны, о, тайна бездны,
Забвенье глуби, гамак волны,
Как мы подземны, как мы надзвездны,
Как мы бездонны, как мы полны!

Шуршат истомно муары влаги,
Вино сверкает, как стих поэм.
И закружились от чар малаги
Головки женщин и хризантем.

— Еще! Северянина! — распорядился Филипп.

Варя ощутила вдруг подъем и прочла любимое стихотворение мамы:

— Весенний день горяч и золот,
Весь город солнцем ослеплен.
Я снова я! Я снова молод,
Я снова весел и влюблен!

Скорей бы в бричке по ухабам,
Скорей бы в юные луга!
Смотреть в лицо румяным бабам,
Как друга целовать врага!

Шумите вешние дубравы,
Расти травы, цвети сирень!

Виновных нет! Все люди правы
В такой благословенный день!

Филипп открыл глаза и, не отрывая взгляда от вдруг смутившейся Вари, спросил Диму:

— Ты ей сказал, что я обожаю Северянина?

— Я сам об этом не подозревал!

— А зачем пропустила четверостишие про сеньору За?

— Просто из головы вылетело.

— Молодец! Голос чудный... И стихи читать можешь! А теперь спой что-нибудь. Только совсем тихо, интимно, как будто вокруг никого нет, ты чем-то занята по дому и напеваешь себе под нос, что-нибудь расхожее, популярное... но не нынешнее, терпеть не могу нынешние песни!

— А что я, к примеру, делаю по дому?

— Моешь полы!

— Ну, когда моешь полы, не больно-то попоешь!

— Браво! Тогда просто пой, колыбельную, предположим!

— Мой Лизочек так уж мал, так уж мал,
Что из скорлупы рачонка
Сшил четыре башмачонка
И гулял, и гулял!

— Еще! — потребовал Филипп.

— Мой Лизочек так уж мал, так уж мал,
Что из крыльев комаришки
Заказал себе манишки
И на бал, и на бал!

«Лизочка» Варя пела маленькому Никитке.

— Ой, я, кажется, все куплеты перепутала!

— Неважно! Поешь просто здорово! Димочка, твоя взяла! Вот смотри, и ведь не сказать, что красавица, но прелесть, прелесть, прелесть! — Он поцеловал кончики своих пальцев. — Я беру вас, дитя мое! Вот только мне не нравится ваше имя, в нем есть что-то варварское, я не хочу! Буду звать вас...

Только бы не Варежкой, испугалась Варя.

— Буду звать вас по-польски, Бася! Согласны?

— Вполне, — облегченно улыбнулась Варя и тут же поймала насмешливый взгляд Димы. Он все понял.

— Вы пьесу-то читали, дитя мое?

— Читала, мне Дима прислал.

— И как впечатление?

— Мне понравилось... Интересно, с юмором... Диалог такой острый...

— А справитесь? Ведь, как я понял, театрального опыта ноль?

— У меня вообще никакого опыта... Но Дима такой партнер! С ним я ничего не боюсь!

— Это правильно. Но бояться все же надо! Меня! Я бываю страшен в гневе!

— Да я и так вас боюсь!

— Вот-вот! Я диктатор, могу быть невежлив, с тупоголовыми артистами в особенности!

— А зачем же вы берете тупоголовых? — осмелилась спросить Варя.

— Значит, врешь, не боишься! А зря, правда, Димочка?

— Филипп, не пугайте Басю!

— Да я же шучу, Бася отнюдь не тупоголовая артистка! И потому во вторник мы начинаем репетиции! Кстати, предупреждаю — не переношу опозданий!

— У Баси европейская закалка, она точна, как...

— Не надо ее рекламировать! Я уже впечатлен и возлагаю на вас, Бася, большие надежды! Ну, сейчас, дети мои, я испаряюсь! Дела, дела, дела!

Он ушел.

— Варь, может, поедим чего-нибудь, я голодный как зверь!

— С удовольствием! Я от волнения ничего не могла есть, хотя Стас приготовил роскошный завтрак...

— Ох, опять Стас! — улыбнулся Дима. — А ты испугалась, что Филипп станет звать тебя Варежкой?

— Ужасно!

— Ну, как тебе живется?

— Ох, как в сказке!

— Да? Ты счастлива?

— Почти!

— Почему почти?

Варя рассказала ему о Никите.

— Странно! Хотя не страшно, пройдет. Стас умеет кого угодно обаять... Ну, если хочет, конечно!

— А как тебе с твоей девушкой?

— Не знаю... Счастьем там и не пахнет. Да и вообще есть ли оно? Только не говори, что счастлива! У вас все в самом начале пока, а вот пройдет первая лихорадка... Хотя чем черт не шутит... Может, Стасу наконец повезет, и тебе тоже. Бывает же... Наверное, бывает! Ты, кстати, знаешь что-нибудь о завтрашнем мероприятии?

— Стас сказал, что...

Варя передала ему слова Стаса.

— Кстати, Варюха, посмотри завтра на мою девушку.

— Зачем?

— Интересно, какое она произведет впечатление.

— А тебе не все равно?

— Нет. Я почему-то тебе доверяю. Знаешь, я раньше как-то не верил в дружбу между мужчиной и женщиной, а с тобой вдруг поверил.

— Я рада.

— А ты веришь в такую дружбу?

— Вполне. Я всегда дружила с мальчишками.

— А Стас тебя ко мне не ревнует?

— Он мне доверяет! — с гордостью ответила Варя.

Дима вызвался довезти ее до дому. Едва они сели в машину, позвонил Семен Романович.

— Варежка, привет! Прилетела? Слушай, детка, надеюсь, ты будешь завтра на нашей вечерухе?

— Да, конечно!

— Очень тебя прошу, постарайся очаровать хозяина...

— Какого хозяина?

— Ну, этого, олигарха, который все это устраивает. Он дает бабки на новый фильм. Фильм, понимаешь? Полный метр! И ты будешь играть главную роль! У нас с Надюхой давно лежит классный сценарий, но денег на полный метр не было... Роскошная история, роль — мечта! Ты уж постарайся!

— Семен Романович, что вы называете — постараться? Спать с ним, что ли?

— Да боже упаси! За кого ты меня держишь? — обиделся Шилевич. — Просто оденься понаряднее, причепурься по максимуму, ну сама понимаешь... А Стас-то будет?

— Обязательно!

— Ну вот и славно! Я тут краем уха слышал, что тобой Рубан заинтересовался?

— Да. Я только что с ним встречалась.

— Склеилось?

— Кажется, да.

— Это здорово! Понимаешь, тут будет совершенно другая аудитория, чем у нашей «Марты»... Ты молодчина, Варежка, сколько успела за полгода!

— С вашей легкой руки, Семен Романович!

— А ведь правда! Ну ладно, мне еще кучу народу надо обзвонить. Завтра увидимся!

Московская суета так закрутила Варю, что ее печаль как-то растворилась. Она позвонила матери. Та сказала, что Никита ведет себя нормально, больше не дуется и просто слегка грустит.

— Ничего, пусть соскучится как следует.

— Мамочка, может, мне поговорить с ним?

— Нет, рано еще! Это только подогреет его обиды. Не стоит. А что у тебя?

— Мама, все как в сказке! Я буду играть в театре! Я, кажется, понравилась режиссеру... даже страшно!

— Пришел, видимо, твой возраст. Молоденькой девушкой ты никого не заинтересовала, зато теперь наверстаешь!

Стас появился поздно вечером, замученный, но веселый. Обнял Варю, прошептал:

— Ты мое счастье, Варежка! Со мной никогда такого не было... Обычно еду домой и думаю: только бы никого не видеть, ни с кем не говорить. А сейчас еду и думаю: как хорошо, там Варежка! С ней можно говорить, можно молчать, она умная, все понимает... Ну, что там у тебя с Рубаном, срослось?

— Да! — Варя в подробностях все ему рассказала.

— Вот и отлично! Ты в самом деле можешь и должна играть в театре.

— А ты?

— Что я?

— Ты пробовал играть в театре?

— Пробовал, но это не мое... Я в театре почему-то зажимаюсь, словом, не мое это. Вот выхожу на съемочную площадку, там я король, какого бы бомжа ни играл, а в театре нет...

— А ты так точно все про себя знаешь?

— Кое-что, — улыбнулся он. — Ну что ты так на меня смотришь?

— Как?

— Черт, не могу сформулировать... Но как-то особенно...

— Просто с любовью.

— Нет, не просто... Там еще что-то есть... Материнское, что ли...

— Нет, дурачок, просто женское...

А про себя она подумала — какой он умный и чуткий, я вправду иногда смотрю на него, как на своего ребенка, только большого, очень большого.

Утром Варя наведалась в салон красоты, что называется, навести лоск. Стас с самого утра умчался на озвучание, обещал вернуться к шести. И действительно ровно в шесть он уже входил в квартиру.

— Ау, Варежка! — закричал он с порога. — Чем это так вкусно пахнет?

— Я тут курицу с курагой сделала!

— Курицу с курагой? Это интересно! Только зачем ты возилась? Думаешь, на этой тусовке нас не покормят?

— Наверняка покормят, но вот чем и когда, никто не знает. Я терпеть не могу фуршеты, особенно когда умираешь с голоду. А мы сейчас перекусим, а там будем чувствовать себя свободно. Захотим что-то съесть, съедим... А то будут все толкаться, усталые и голодные...

— А еще второпях пятно можно посадить, — улыбнулся Стас. Его переполняла нежность к этой женщине, такой уютной, кроме всех прочих достоинств. — Слушай, как вкусно, зашибись! Уууу, объедение! Я даже не знал, что я такой голодный! А добавки дашь?

— Нет, а то ты обожрешься и не захочешь идти на тусовку!

— Ты меня уже изучила! — засмеялся он. — Вообще-то и вправду неохота тащиться. Может, останемся? У нас ведь есть чем заняться, правда?

— Стас! Я бы и сама не пошла, но Семен Романыч так просил быть.

— Ладно, что с тобой поделаешь... И, честно говоря, мне даже охота появиться на людях с тобой! А уж в платье от фрау Витачек особенно! Сейчас приму душ и буду одеваться.

Минут через двадцать, когда Варя еще сидела перед зеркалом, в комнату вошел Стас. Она ахнула.

— Стас! Ты в смокинге?

— А что, мне не идет?

— Да что ты! Тебе фантастически идет смокинг! Ты похож на... на какого-то героя Джека Лондона... Он прошел все испытания, вынес все тяготы золотой лихорадки и поймал удачу за хвост! Ты просто неотразим!

В самом деле его дубленая всеми ветрами съемочных площадок кожа замечательно контрастировала с белизной крахмальной рубашки, подчеркивая мужественность облика.

— Ох, Стас, ты... — Она вскочила и кинулась к нему.

— Варежка, не приближайся, это чревато...

Когда они подъехали к загородному ресторану, из машины, припаркованной рядом, как раз выходили Шилевичи. Варя обрадовалась.

— Надежда Михайловна!

— Сеня, смотри, какая потрясающая пара! — воскликнула та. — Варежка, какое платье! Стас, ты ослепителен!

— Правда он похож на героя Джека Лондона?

— Да, просто Смок Белью! Или нет, Дик Форрест!

— Кто такой Дик Форрест, я что-то не помню, — засмеялся Стас.

— Дик Форрест герой «Маленькой хозяйки большого дома», — пояснила Надежда Михайловна.

— А, редкая бодяга! — улыбнулся Стас.

— Ты прав, это чисто дамское чтение, — хлопнул Стаса по плечу Семен Романович.

— Варежка, ты вправду будешь играть в театре?

— Кажется, буду!

— Ну все, идемте! — поторопил всех Семен Романович. Он явно волновался.

Прием был обставлен роскошно. На площадке высокой мраморной лестницы гостей встречал весьма импозантный мужчина.

— Семен Романович! — приветливо улыбнулся он Шилевичу.

— Иван Константинович! Вот, Надюша, позволь тебе представить...

— А вот и наши звезды! — улыбнулся хозяин. — Вы Варвара?

— Да!

— Ну, а вашего супруга и представлять нет необходимости! Очень-очень рад знакомству! — Он поцеловал руку Варе, обменялся рукопожатием со Стасом.

Его лицо показалось Варе знакомым, но кто это, она не могла вспомнить.

Стас сжал ее локоть и повел прочь от хозяина.

— Сволочь! — шепнул он.

— Кто?

— Да этот тип.

— Почему он сволочь!

— А ты не заметила, как плотоядно он на тебя смотрел?

— Не заметила!

— Варя! — окликнул ее кто-то.

— Марьяна? — ахнула Варя.

Сестра выглядела потрясающе — красивая, в ослепительном белом платье с бриллиантовым колье на шее.

— Варюшка! Как я рада тебя видеть. А это твой жених? Познакомь нас!

— Так вы и есть Варина сестра? Наслышан!

— Воображаю, чего вы обо мне наслушались! — засмеялась Марьяна. — Вы с Ванечкой уже познакомились?

— Простите, с каким Ванечкой? — спросил Стас.

А Варя уже все поняла! Таинственный благодетель и спонсор — муж Марьяны! Почему-то ей стало неприятно.

— Варька, ты так прогремела! Фильма еще никто не видел, но о тебе столько говорят! Я горжусь, что у меня такая сестра! Вот, вы не захотели общаться, а мы... Если гора не идет к Магомету, то Магомет идет к горе! — обворожительно улыбаясь, щебетала Марьяна.

Все новые гости постепенно оттесняли ее от сестры.

— Что-то мне все это не нравится, — сквозь зубы процедил Стас.

— Мне тоже! Давай полчаса побудем и удерем.

— А полчаса зачем? Давай сразу...

— Неудобно, Семен Романыч просил... И вообще, зачем демонстрации устраивать?

— Ладно, только имей в виду, я тебя ни на минуту не отпущу! — весело и в то же время бешено сверкнул глазами Стас и крепко взял Варю за руку. — Смотри, Димка!

Дима шел под руку с удивительно красивой брюнеткой. Хрупкая, невысокая, с точеным лицом, она как-то доверчиво приникла к Диме. До чего же красивая пара, подумала Варя.

— Бедный Димка, — проговорил Стас.

Варя не успела спросить, почему он бедный, как они подошли совсем близко.

— Привет! Варь, выглядишь — супер! Познакомься, это Аза! Варя!

— А со Стасом мы знакомы, — улыбнулась Аза.

— Имел счастье! — буркнул Стас.

Варю слегка затошнило. Сколько же еще баб, с которыми Стас «имел счастье», будет попадаться ей на пути?

Кто-то отозвал Азу в сторонку.

— Старик, ты что, сдурел? — произнес довольно грубо Стас. — Не мое дело, но...

— Да я и сам чувствую, — махнул рукой Дима. — Но где приличную-то найти... И потом, красивая ведь, зараза. Но это так, ничего серьезного...

Варе ужасно не нравился этот разговор.

— Ребята, ну нельзя так, девушка отошла на минутку, а вы ее обсуждаете!

— Вот, Стас, появилась одна приличная, а ты ее сразу заграбастал! — засмеялся Дима. — Вон как вцепился...

Стас взглянул на Варю с такой нежностью, что она тут же все ему простила.

В этот момент к ним подошли Шилевичи и Иван Константинович.

— Ну, друзья мои, как вам наш праздник? Надеюсь, не скучаете?

— О нет! — ответил Стас. — Боюсь только...

Тут заиграла музыка.

— Варя, вы не окажете мне честь? Стас, вы не будете возражать, если мы с Варварой откроем наш бал?

Стас скрипнул зубами, но не счел возможным возразить. А Варя просто не успела опомниться, как Иван Константинович уже вывел ее на танцпол. Кругом зааплодировали.

— Варюша, я отлично понимаю всю двусмысленность своего положения в вашей семье, но скажите, как поживает ваша мама?

— Спасибо, у мамы все хорошо!

— А на вашу свадьбу, ведь насколько я знаю, ее еще не было, Анна не приедет?

— Нет.

— Варя, мне все-таки кажется, что нам надо было бы наладить какое-то семейное общение. Как-никак вы с Марьяшей сестры, у вас растет чудесная племянница, может, стоило бы познакомить ее с двоюродным братишкой?

Варя молчала в полном замешательстве. Она не знала, в курсе ли Иван Константинович ее визита в их дом, боялась проронить лишнее словечко и от этого чувствовала себя отвратительно.

— Вы прелестная женщина, Варя, все говорят очень талантливая, и, познакомившись с вами, я окончательно решил, что в вашу раскрутку стоит-таки вкладывать деньги.

Музыка кончилась, и он подвел ее к Стасу. Тот властно сжал ее руку, но тут слово взял Семен Романович.

— Друзья мои, сегодня мы некоторым образом отмечаем окончание нашего фильма, у нас обширные планы на дальнейшее, и хотя фильм еще даже не смонтирован, однако, когда Иван Константинович проявил к нему интерес, я смог показать ему один-единственный маленький эпизод, в котором наши герои танцуют квикстеп, еще без музыки, так...

— Семен Романович, простите, но позвольте я скажу! Увидев эту сценку, я был так воодушевлен, что немедленно решил поддержать искусство и проспонсировать новый фильм нашего Семена Романовича, о чем и заявляю во всеуслышание!

В зале загудели и зааплодировали. Иван Константинович поднял руку.

— Господа, я еще не все сказал! Так вот, исполнители данной сцены, наш знаменитый Дмитрий Александрович Бурмистров и дебютантка Варвара Лакшина, сейчас здесь, с нами, и у меня нижайшая просьба к ним — ребята, станцуйте сейчас ваш восхитительный квикстеп, в порядке импровизации. Умоляю!

Варя растерялась. Но Дима рассмеялся и подошел к ней.

— Варюша, давай? Да не оглядывайся ты на Стаса. Стас, пусти руку!

Заиграли квикстеп. Это была та самая мелодия из фильма.

— Варька, соберись, ты на сцену выходишь, первый опыт! А то ущипну! — шепнул Дима.

Варя рассмеялась и подала ему руку. Как же хорошо танцевать с Димой, как легко он скачет в квикстепе, как умеет вести даму. Танец длился минуты три. Раздался гром аплодисментов.

— Браво! Браво! — кричал Борис Аркадьевич.

— Стас, почему у тебя такое лицо? — испугалась слегка запыхавшаяся Варя.

— А я совершенно не умею танцевать... — ответил он, глядя на нее глазами обиженного ребенка.

— Хочешь, научу?

— Нет. Но ты была... Если бы я тебя не знал, я бы точно в тебя влюбился по уши! А Димка-то каков! Вроде здоровый мужик, а скачет, что твой зайчик!

Как я его люблю!

— Знаешь что я подумал?

— Что?

— Вероятно, надо пригласить Димку на наш завтрак?

— Какой завтрак? — не поняла Варя, у которой кружилась голова от всеобщего восхищения, внимания, от сознания собственной привлекательности.

— На наш свадебный завтрак!

— А давай!

— Только без этой бляди!

— Дима! — окликнула Бурмистрова Варя. — Можно тебя на минутку?

— Еще сплясать охота? — улыбнулся Дима.

— Нет, просто Стас хочет тебе что-то сказать.

— Знаешь, старик, у нас через неделю свадьба...

— Поздравляю!

— Собственно, это не свадьба в привычном смысле слова. Просто свадебный завтрак. Гостей не будет, только Шилевичи и мои родители. И еще мы хотели бы видеть тебя, если ты, конечно, свободен. Но тебя одного!

— Понял! — улыбнулся Дима. — Я постараюсь, ребята!

Стасу безумно хотелось уйти и, главное, увести Варю, но он видел, как она сияет, как наслаждается успехом и всеобщим вниманием. И впервые с момента знакомства с ней ему захотелось напиться.

— Стас! — окликнула его Надежда Михайловна.

— Тетя Надя! — улыбнулся он.

— Ну, чего ты загрустил? Вон как наша Варежка блистает! Ей идет успех!

— Успех всем идет!

— Тебе, кстати, тоже!

— Я что-то устал...

— От успеха? Извини, не поверю!

— Да нет, не от успеха, от людей... Тетя Надя, а давайте хлопнем по рюмашке, за Варежку!

— Стас, не стоит... — огорчилась Надежда Михайловна.

— Тетя Надя, вы тоже считаете, что я алкаш? Выпью рюмку и уйду в запой?

— Стас, что за глупости! Просто ты за рулем!

— Да, да, вы правы! Я за рулем... Но, если честно, мне не нравится тут. Этот спонсор противный, его идиотка-жена... Да и вообще...

— Стас, ты ревнуешь Варежку? К кому? Она ж без памяти тебя любит. Она мне сама сказала.

— Я знаю.

— Так потерпи! Для тебя это докука, а она смотри как сияет! Пойми, для нее это важно, радостно, ты, в конце концов, мужчина, сильный, умный, потерпи!

Стас внимательно посмотрел на Надежду Михайловну, взял ее руку, поцеловал.

— Вы правы, тетя Надя. Я потерплю.

На обратном пути Стас вдруг остановил машину и повернулся к Варе.

— Что случилось, Стас?

— Ты счастлива?

— Да. Но не потому что вертела хвостом на этой вечеринке, — рассмеялась она.

— И очень успешно вертела, надо заметить. А почему же ты счастлива?

— Потому что ты вот остановил машину, смотришь на меня довольно злыми глазами, хочешь даже сказать какую-нибудь гадость, а я знаю, это потому что ты любишь меня, разве нет?

— Ууу! Вот это штучка мне попалась!

— Да, штучка, и эта штучка любит тебя больше всего на свете! Думаешь, я отчего так сияла? Оттого, что ты был рядом, я знала, что у меня есть защита и опора...

— Ты еще и врушка!

Она вдруг погладила его по лицу и шепнула:

— Стас, мне всегда было интересно, каково это — заниматься любовью в машине?

Он громко и счастливо расхохотался.

— Сейчас покажу!

Варя начала репетировать с Димой и Рубаном. Ей почему-то все давалось с неимоверным трудом. Она не могла понять, чего от нее хочет Филипп. А если напрямую говорила ему об этом, он возводил глаза к небу и разражался еще более непонятными тирадами.

— Ах, душа моя! Актриса должна уметь улавливать космические волны... актриса без связи с космосом неполноценна! Ты должна уметь воспарить! Вот Димка умеет, а ты учись, не разочаровывай меня! Где твои антенны? Выпусти их! Как улитка рожки! Ты ведь можешь, я знаю, но не хочешь! Пойми, театр — это не дешевое кинцо, особенно Мой Театр! Настраивай себя перед репетицией, это необходимо!

— Простите, Филипп Юлианович, я не понимаю...

— Чего ты не понимаешь?

— На что я должна себя настраивать! Объясните мне, умоляю, что я должна тут играть!

— Ты должна играть божественное начало, космос!

— Но ведь это житейская история...

— Вот именно! Только тогда и получается театр, когда в самой простой житейской истории присутствует космос!

— Но я не...

— Молчи!

Варя умолкла.

— Пой!

— Что петь?

— Аве Мария! Знаешь?

— Знаю.

— Ну пой!

— Шуберта? — уточнила Варя.

— Идиотка! Ты все разрушила этим кретинским уточнением! Пой, что в голову взбредет!

Доведенная до крайности космическими требованиями, Варя вдруг запела: «Взвейтесь соколы орлами, полно горе горевать!»

Дима скорчился от хохота. Филипп на мгновение оторопел, а потом тоже рассмеялся.

— Молодец! У тебя есть чувство юмора, а это как раз и свидетельствует о связи с космосом! Человек без чувства юмора противопоказан Космосу! Чувство юмора и есть те самые улиткины рожки! Давайте еще раз сначала!

Филиппа на мгновение кто-то отвлек.

— Старайся играть как можно легче, ничего не педалируй, порхай, поняла? — шепнул ей Дима.

— Да как в космосе порхать?

— Варька, не хулигань!

— А почему нельзя нормально сказать — играй легче?

— А если просто, никто не скажет, что он гений!

— А, поняла. Ты отличный переводчик, Димочка!

— Ну, приступим! — хлопнул в ладоши Филипп.

После репетиции Дима предложил:

— Давай кофейку где-нибудь дернем!

— Давай! — с радостью согласилась Варя.

— А Стас в Москве?

— Нет, в Питере.

— Значит, скоро свадьба? А свадебное путешествие планируется?

— Да.

— И куда?

— В том-то и дело, что не знаю! Стас все темнит. Сюрприз!

— А что вам на свадьбу-то дарить? Понимаешь, я терпеть не могу получать и дарить какие-то ненужные дурацкие вещи. Может, нужен пылесос или что-то в этом роде?

— Нет, пылесос не нужен! — улыбнулась Варя.

— Ну, может, соковыжималка или чайник?

— О, я знаю! Кофеварка!

— Отлично! Какая?

— Я в них не разбираюсь.

— Судя по тому, что ты заказала капучино, надо такую, чтобы делала капучино?

— Да! Я давно хотела купить, но все не соберусь.

— Отлично, Варюха! Как хорошо иметь дело с женщиной, которая не ломается, повезло Стасу! Скажи, а зачем ты так спешишь замуж?

— Я не спешу, я, если хочешь знать, этого даже боюсь, но Стас уперся...

— А ты не могла сказать нет?

— Я вообще не могу сказать ему нет...

— Так любишь?

— Да! Со мной никогда такого не было. Внутри все дрожит...

— С ума сойти! Только, бога ради, не бросай актерство, чтобы варить борщи.

— Нет, что ты! Просто понимаешь, Дим, у меня сейчас все так хорошо, что я боюсь... Так ведь не бывает. Успех, работа, любовь и даже такой друг, как ты... Мне страшно!

— Я польщен, что записала меня в элементы своего счастья, но ты преувеличиваешь. У тебя есть большая проблема с сыном...

— Конечно. И с мамой!

— А с мамой что?

— Мне же придется жить в Москве, а мама и Никитка там... Мама ни за что не вернется в Москву и Никиту не отпустит, а я даже настаивать не могу... У меня же не будет возможности им заниматься. Я боюсь его совсем потерять, а сил отказаться от новой жизни тоже нет...

— Ну вот, а говоришь сплошное безоблачное счастье.

— Димочка! Ты такой умный!

— Тебе легче стало?

— Конечно!

Накануне свадьбы Стас вернулся в Москву. Вари не было дома. На улице шел дождь, было холодно и сыро. Он напялил на себя старую вязаную кофту, которую Варежка уже несколько раз пыталась выкинуть, но он отстоял, она была такой уютной... Завтра я женюсь, уже в четвертый раз. Как известно, Бог любит троицу. Три неудачных брака, наверное, уже хватит... Правда, ни к одной из бывших жен Стас не испытывал и сотой доли тех чувств, что испытывает к Варежке. Он вдруг протянул руку, взял с письменного стола книгу, по которой снимался фильм, где он сейчас играл главную роль. Стас принадлежал к тем актерам, которые читали не только сценарий, но и первооснову, хотя зачастую теперь и режиссеры-то не всегда ее читают. Книга была о войне. Хороший правдивый роман. Стас раскрыл книгу, закрыл глаза и наугад ткнул пальцем в строчку. Открыл глаза и прочитал: «И тут раздался взрыв». Он похолодел. В Москве недавно опять был теракт, кто знает... Он, дрожа, набрал Варин номер. Она откликнулась мгновенно:

— Ты уже дома? Я подъезжаю!

Слава богу! Но нельзя быть таким идиотом. Мало ли в какую строчку я мог ткнуть пальцем! Он все-таки повторил опыт и прочел: «Всю жизнь мечтал увидеть термы Каракаллы, а пришлось довольствоваться этой деревенской баней!».

Стас облегченно рассмеялся. Ни одно слово в этой фразе не имело никакого отношения ни к нему, ни к Варежке. И тут в замке повернулся ключ.

— Варежка!

— Ну вот, опять ты в этой кофте!

Сейчас будет ругаться, с нежностью подумал он. Но она опять удивила его.

— Знаешь, я ни за что теперь не выброшу эту твою кофту!

— Почему? — засмеялся он.

— Да вот на днях было холодно, сыро и одиноко... Я вдруг надела ее, укуталась, она вся пропахла тобой, и мне стало так тепло, хорошо... И я ее полюбила.

Он с трудом проглотил подступивший к горлу комок.

Утро началось с того, что Варя надела приготовленный к свадьбе светло-бежевый костюм, и оказалось, что он ей здорово велик.

— Стас, что же делать?

— Надень что-нибудь другое!

— А шляпка как же?

— Да черт с ней, со шляпкой, дурь одна! Что там у нас за свадьба? Надень зелененькое, оно так тебе идет!

Варя страшно обрадовалась. Она уже сто раз примеряла пресловутую шляпку и ужасно себе в ней не нравилась.

— Знаешь, Стас, у нас все-все будет хорошо, я теперь уверена!

— Почему?

— Я полюбила твою любимую кофту, а ты отказался от шляпки, которую я не смогла полюбить!

— Да, в самом деле!

В этот момент в дверь позвонили.

— Кого это черт принес? — проворчал Стас и пошел открывать.

На пороге стоял незнакомый молодой человек с корзиной белых роз.

— Для госпожи Лакшиной!

— От кого? — нахмурился Стас.

— Вот тут все написано! — молодой человек вручил Стасу конверт и сразу ушел.

— Варежка! — позвал Стас. — Гляди, тебе тут цветы прислали!

— Ух, какая красота! Наверное, от Шилевичей!

— Не думаю.

— Так открой конверт!

— Нет, это тебе прислали! Тут кроме записки еще что-то лежит!

Варя схватила конверт. Там лежали ключи, к которым был прицеплен явно очень дорогой брелок.

— Что это такое? — растерялась Варя.

— А там письма нет?

— Есть! Прочти ты, я что-то боюсь!

Стас развернул листок.

«Дорогие молодожены! Примите вполне подходящий к случаю подарок! Это в некотором смысле возмещение нанесенного некогда ущерба. И, пожалуй, аванс в счет будущего сотрудничества. Ваш родственник Иван Пирогов. P.S. Адрес квартиры: Крылатские холмы...»

– Стас!

– Что Стас? Я ничего не понимаю! Какая квартира, какие Крылатские холмы? Какой, черт побери, ущерб и какой он нам, мать его, родственник?

– Стас, я не хочу никакой его квартиры!

– А я, по-твоему, хочу? Надо немедленно вернуть эти ключи!

– Но как? Посыльный уже ушел...

– У тебя есть адрес этого благодетеля или хотя бы телефон?

– Телефон есть, Марьяшкин. Впрочем, можно спросить у Романыча.

– Вообще-то нам пора ехать в ЗАГС. Ничего, позвоним из машины. Что он себе вообразил! Кто делает такие подарки едва знакомым людям! – кипел Стас. – И, похоже, твоя сестра уж не так глупа. Он явно положил на тебя глаз!

– Не выдумывай! – фыркнула Варя.

– Я не выдумываю, я же видел, как он на тебя смотрел! И ты не будешь сниматься в его фильме!

– Ты с ума сошел! Это не его фильм, а Романыча.

– Я, кажется, ясно выразился!

Он никогда еще так не разговаривал с ней.

— Стас, может, мы просто никуда не поедем? Такой тон именно сегодня... Я ведь не просилась замуж!

— Стоп! Похоже, эта скотина уже добилась своего, мы чуть не поругались перед свадьбой! Прости, прости, Варежка!

— Стас, а может, наоборот, принять эту квартиру, у нас ведь нет своей, а? В конце концов, он же пишет об ущербе... Он имеет в виду, что мама продала нашу прекрасную квартиру...

— Никогда! Ни под каким видом! Тебе здесь плохо? Снимем другую! А наберем денег, купим свою, но принимать подачки от черт знает кого — никогда! Короче, выбирай: или я, или эта квартира!

Глаза его сверкали бешенством.

— Стас, ну конечно ты! И не злись, бога ради! Мне с тобой рай и в шалаше!

— Ну, двухкомнатный шалаш в сталинском доме — это не очень хило, согласись?

— Согласилась!

— Вот то-то!

— Стас, что-то такси опаздывает...

Но тут как раз позвонили, что машина ждет.

Варя в бледно-зеленом платье в белый горошек и Стас в светло-сером костюме выглядели весьма элегантно.

— Ну, пошли, невеста?

— Невеста без шляпки!

— А жених, судя по съемной квартире, практически без порток!

Они посмотрели друг на друга и расхохотались.

По дороге они попали в пробку.

— Опоздаем на собственную свадьбу! — засмеялся Стас. — Вот что, Варежка, дай-ка мне телефон твоей сестры.

Варя протянула ему мобильник.

— Алло! Марьяна? Доброе утро, это Симбирцев.

Водитель такси дернулся и уставился на Стаса. Надо же, такую знаменитость в ЗАГС везу! Странно только, что они одни едут, на такси... Несолидно как-то.

— Ох, Стас, рада вас слышать! Поздравляю!

— Благодарю, но я мог бы поговорить с вашим мужем?

— Увы, его нет в Москве.

— И все же, я мог бы с ним связаться немедленно?

— Боюсь, что нет. Может, передать ему что-нибудь?

— Да! Я хотел бы вернуть ключи, столь любезно присланные Иваном Константиновичем.

Я просто не могу принять такой подарок, это противоречит всем моим принципам. Я всего привык добиваться сам!

— Но это подарок не столько вам, сколько Варе. Вы же, наверное, в курсе, что произошло в нашей семье?

— Варя и я, как говорится, одна сатана, к тому же у нее есть квартира, так что спасибо, но... Каким образом я все-таки мог бы передать ключи? Мы сегодня улетаем... Может быть, я передам их Шилевичу?

— Я не знаю... Как хотите, но я все же не понимаю!

— Марьяна, я все уже сказал. Я отдам их Шилевичу! Всего доброго!

Ни фига себе, подумал водитель, похоже, им кто-то квартирку подарил, а этот мужик не желает, гордый, видите ли... Ну, дела!

— Шеф, а если объехать через вон тот двор? Там есть проезд, я точно знаю!

— Можно попробовать! — обрадовался шофер.

И действительно, он въехал на тротуар, проскочил несколько метров и выехал на улицу, где помещался ЗАГС. Возле ЗАГСа творилось что-то странное — милицейские машины, «скорая помощь», толпа народу. И оцепление.

— Что там такое? — дико испугалась Варя.

— Сиди здесь, я узнаю!

— Стас, я с тобой!

— Сиди! Шеф, заблокируй двери!

— Есть, командир!

Через две минуты Стас появился вместе с отцом и матерью. На нем не было лица!

— Что стряслось, похоже на теракт! — заметил водитель.

— В ЗАГСе? Кому это надо?

— Любому психу!

Наконец Варю выпустили на волю.

— Что? Что такое?

— В ЗАГСе был пожар! Ничего страшного, никто не погиб, — попыталась успокоить Варю Марина Георгиевна.

На Стаса было страшно смотреть.

— Стас, ну что такое? Все же бывает! Ну, подумаешь, распишетесь через неделю! Там стоит представитель ЗАГСа, приносит извинения, желающие могут поехать в другие ЗАГСы.

— Нет! Это знак! — помотал головой Стас.

— Что за чепуха, — поморщился его отец. — Проводка халтурная или пьяный охранник уснул с сигаретой...

— В самом деле, Сташек, такое случается, посмотри на все спокойно!

К ним подбежал Дима.

— Ну, ребята, вы даете! От вашей пылкой любви даже ЗАГС загорелся!

Стас стоял потерянный, даже не улыбнулся. Дима хлопнул его по плечу.

— Старик, это чепуха! Всякое случается! Хуже было бы, если бы твоя обожаемая невеста сбежала из-под венца! А она тут, рядом, стоит, бедненькая, и не знает, то ли она выйдет нынче замуж, то ли нет! А ведь замуж — это не штампик, подумаешь, поставите этот штампик через несколько дней, и вообще, поехали завтракать, я ни фига сегодня не ел. И свадебное путешествие не отменять же! Освободили себе в кои-то веки недельку, так что ж, наплевать на все из-за нерадивых электриков?

— Вы совершенно правы! — поддержал его Илья Геннадьевич. — Это ж не церковь все же сгорела, а обычное госучреждение. Стас, встряхнись.

Стас вдруг подошел к Диме и обнял его. Варя чуть не разревелась. У него были глаза беззащитного ребенка.

— Спасибо, старик, ты прав! Варежка, ты согласна?

— На что? — улыбнулась она.

— Ну, вот так, как бы...

— Стас, да это же чепуха, Дима прав, а учитывая, что я давно уже на все согласилась...

— Тогда поехали, Шилевичи, наверное, уже там! — распорядилась Марина Георгиевна. — Вы с нами или с Димой?

— С Димой! — решительно ответил Стас.

— Варежка, а где же шляпка? — шепнула в какой-то момент Надежда Михайловна.

— Да с меня свадебный костюм сваливается, и Стас сам отменил шляпку!

— Ты очень огорчена из-за этого дурацкого пожара?

— Я? Да нет, я даже испытала некоторое облегчение, а почему и сама не знаю. Мне было страшновато...

— Знаешь, ты постарайся сбить Стаса со всяких суеверных мыслей...

— Постараюсь.

Как ни странно, завтрак прошел очень весело. Варя выпила шампанского и в какой-то момент вдруг попросила слова.

— Дорогие мои, я сегодня так счастлива! Я люблю этого человека, но он меня уже измучил!

Стас испуганно взглянул на нее.

— Он везет меня в свадебное путешествие, но не говорит куда! Может, кто-то знает? Вдруг это какие-нибудь жуткие джунгли? Умоляю, скажите, чтобы я еще успела сбежать!

Стас весело засмеялся. А Марина Георгиевна сказала:

— Варюша, я ничего не знаю, но догадываюсь!

— Мама!

— Ладно, Стас! Хватит уж мучить молодую жену! Варюша, я на сто процентов уверена, что он везет вас в Амстердам!

— В Амстердам? — крайне удивилась Варя.

— Ты разочарована? Ты же не была в Амстердаме? — упавшим голосом проговорил он.

— Не была! И я в восторге! Там не водятся крокодилы и всякие пресмыкающиеся! Ура!

— А разве Стас не говорил вам, что просто влюблен в этот город?

— Я нарочно молчал, чтобы ты не догадалась, я давно это задумал... И даже собрал тебе чемодан... А если чего-то не хватит, там купим...

— Какой ты умница! Я ненавижу собирать чемоданы! Во сколько у нас самолет?

— В четыре часа!

— Все, дорогие мои, мне пора! — сказал Дима. — Варь, если ты задержишься, Филипп тебе такое космическое путешествие устроит! — Он поцеловал Варю, обнялся со Стасом и умчался.

— Хороший он парень, — сказал вдруг Илья Геннадьевич. — Даже не ожидал, он с виду такой роскошный, снисходительный...

— Дима — чудо! — воскликнула Варя.

— И актер первоклассный! — заметил Семен Романович.

— Варежка, ты чего загрустила? — шепнула Надежда Михайловна.

— Нет, просто переволновалась... Ну и из-за Никитки...

— Это поправимо!

— А что непоправимо? — испугалась Варя.

— Да пока что все хорошо у вас! Мне сегодня Марина сказала, что ты прекрасно влияешь на Стаса, что с того момента, как вы познакомились, он ни разу не напился, не устроил ни одного скандала...

— Господи, да это все больше выдумки желтой прессы, вон, даже про мой роман с Шилевичем сколько пишут... Бред!

— Дай тебе Бог счастья, ты его заслуживаешь! И Стас тоже! — Надежда Михайловна обняла Варю. — А в Амстердаме тебе понравится! Только непременно попробуй тамошнюю селедку!

Стас был в ударе. Рассказывал какие-то веселые истории, вспоминал студенческие времена, но Варя видела, что его что-то гложет. Неужто дурные предчувствия из-за пожара в ЗАГСе? Но ведь это и впрямь чепуха, они с первой ночи стали мужем и женой, у них даже не было периода, который в последние годы стали называть «конфетно-букетным», так что значит штамп в паспорте, тем более для Стаса, который вообще не признает формальностей, особенно в человеческих отношениях?

— Стас, перестань, это такая чепуха! Мы же не станем меньше любить друг друга? Это же не от штампа зависит, а только от нас с тобой! Ты три раза исправно ставил штапмик, и много ли счастья тебе это принесло? — сказала она ему, когда они уже ехали в аэропорт.

— Это правда, ноль целых, ноль десятых! А ты у меня чудо!

Он не пожелал никаких провожаний, поэтому и в аэропорт они ехали на такси.

— Стас, а где мы остановимся в Амстердаме?

— О, в чудном отеле, с видом на канал Кейзерхрахт! А завтра днем пойдем к Стэлле.

— Кто такая Стэлла?

— Двоюродная сестра мамы, я ее обожаю, она прелесть! Хотя и чудачка! Но ты сама увидишь, не буду ничего о ней рассказывать!

— А сколько ей лет?

— Семьдесят, но она все равно моложе многих молодых! Она тебе понравится, я уверен! Знаешь, она переехала в Амстердам уже сорок с лишним лет назад. Правда, регулярно бывает в Москве и меня еще мальчишкой возили к ней!

— Она живет одна?

— Да. У нее такой дом... Впрочем, сама увидишь! Знаешь, а я все равно счастлив. Хотя если бы не Димка... Он как-то сумел посмотреть на всю ситуацию с юмором...

— Ну, ты тоже не страдаешь отсутствием чувства юмора.

— Нет, но в первый момент оно мне начисто отказало. Знаешь, а все-таки из Амстердама мы поедем к твоим. На один денек. Надо же мне познакомиться с твоим сыном и с мамой.

— Да, хорошо... — растерялась Варя.

— Думаю, у меня получится с Никиткой... И тебе полегчает. Я же вижу, тебя это мучает.

— Стас!

Она была тронута, но ее немного пугала его властность, желание все взять на себя. И как он рявкнул на нее утром, мол, не будешь сниматься в фильме Шилевича и точка! Правда, тут же спохватился, но все равно... А я буду там сниматься, во что бы то ни стало, я всем обязана Семену Романовичу, в том числе и знакомством со Стасом, кстати сказать.

В аэропорту он повел ее в «Венское кафе», заказал кофе и пирожные.

— Стас, я не хочу.

— Надо, Варежка, надо!

— Кому надо?

— Нам с тобой. Съешь одно пирожное, это необходимо! Я обещаю, что эти калории ты сегодня же сожжешь без остатка!

Варя съела пирожное. Оно было не слишком вкусным. Стас заказал воду без газа и два стакана. Разлил воду, затем достал из кармана два зелененьких пакетика и высыпал их содержимое в стаканы.

— Пей, Варежка! Это аспирин!

— Зачем мне аспирин?

— Перед полетом надо пить аспирин!

— Зачем?

— Варежка, я точно не знаю, что там в голове происходит во время полета, но аспирин разжижает кровь. Мне это посоветовал врач, когда я расшиб голову и лежал в больнице. Учитывая, сколько я летаю, это необходимо. И тебе тоже надо! Нагрузки у тебя будь здоров и вообще, я тебя люблю!

Варя засмеялась и выпила.

— Ну, что еще прикажешь?
— Больше ничего! Пока...

Они летели бизнес-классом.

— Стас, зачем, это же так дорого?

— На минуточку, это наше свадебное путешествие! А учитывая, сколько мы сэкономили на свадьбе... К тому же в бизнес-классе никто приставать не будет. Живи спокойно, Варежка, я нам с тобой на жизнь заработаю. И на квартиру тоже.

— Стас, а ты не боишься летать? Я знаю, многие мужчины боятся...

— А женщины не боятся? — усмехнулся он. — Но я люблю летать... Правда, я всегда сплю. И тебе советую поспать.

— Мне что-то не хочется.

— А ты не обидишься, если я посплю? Ох, совсем забыл! — Он вытащил из сумки какой-то пузырек. — У тебя уши не закладывает?

— Закладывает!

— Тогда брызни эту штуку в обе ноздри! У меня ужасно закладывает уши, а это помогает. Элементарные капли от насморка!

— Стас! Это все так на тебя не похоже...

— Ерунда, это просто для поддержания формы. Представь, как часто меня прямо из аэропорта везут на съемки, а я глухой и голова раскалывается? Вот и приходится пить аспирин и капать капли. Помогает, проверено!

Самолет побежал по взлетной полосе. Стас взял ее руку в свою, закрыл глаза и уже через минуту спал.

А это ведь тоже помогает поддерживать форму. Иной раз два-три часа сна спасают целый рабочий день. И если я хочу быть профессионалом, я должна всему этому тоже научиться. Ох, я, конечно, еще с ним хлебну... Хотя люблю его до сумасшествия! Но только придется иногда бунтовать. Ничего, это я умею...

В результате она тоже заснула.

Аэропорт Скипхолл оказался каким-то невероятно огромным.

Стас довольно уверенно вел ее среди бесчисленного множества багажных транспортеров.

— Московские рейсы всегда где-то у Муньки в заду!

— У какой Муньки? — прыснула Варя.

— Может, даже у какого, — засмеялся Стас, — о половой принадлежности Муньки я как-то не задумывался!

— Стас, а какие вещи ты мне взял?

— Джинсы, маечки, ветровки, а больше тут ничего не нужно. Амстердам такой город... Если чего не хватит, купим, тоже мне проблема!

В глазах его кроме веселья и нежности не читалось ничего. Куда девалась утренняя тревога и даже испуг. Это был счастливый человек!

Когда они подъехали к отелю, уже смеркалось. Отель назывался «Торен» и помещался в старинном здании. Оформив документы, девушка-портье выдала им электронные ключи и высоченный молодой человек, подхватив их багаж, вышел на набережную и решительно зашагал вдоль канала.

— Куда он нас ведет? У меня уже нет сил! — взмолилась Варя.

— Не волнуйся, Варежка, еще чуть-чуть осталось. Ох, что с тобой? Ты так побледнела! Устала?

— Ужасно! Ой! — ее шатнуло, но он успел ее подхватить.

— Варежка, держись за меня! Вот мы и пришли, всего несколько ступенек, я тебя держу, не бойся!

Они вошли в старинный холл, поднялись на лифте на второй этаж. Войдя в номер, Стас осторожно усадил Варю на диванчик. Она закрыла глаза, ее мутило. Молодой человек что-то объяснял Стасу, но тот сунул ему чаевые и выпроводил из комнаты. Глянув на Варю, он испугался. Бледная, осунувшаяся, она, казалось, вот-вот потеряет сознание.

— Роднуля, что с тобой? Ты, часом, не беременна?

— Нет, это ерунда... Ничего страшного, просто устала, у меня так бывает. Мне просто надо лечь.

Стас мгновенно расстелил постель, помог ей раздеться, уложил.

— Хочешь горячего чаю?

— Ничего не хочу! А ты, наверное, голодный, да?

— Есть такое дело, — смущенно улыбнулся он, — я рассчитывал на романтический ужин.

— Прости... Поешь сам где-нибудь.

— Зачем? Можно заказать что-то в номер. Не хочу тебя оставлять.

— Иди-иди, а я посплю.

— Ладно, я тут, рядышком, перекушу и принесу тебе что-нибудь.

— Не надо, не хочу, иди уже!

— Ты правда не заболела и не беременна?

— Да нет, иди, — уже еле ворочая языком, пробормотала Варя.

Он ушел, она закрыла глаза и провалилась в сон.

Утром она проснулась совершенно здоровой и свежей. За открытым окном пели птицы, над водой канала плыли звуки башенных часов. Свет, проникавший сквозь красноватый тюль, казался розовым. Стаса рядом не было.

— Стас! — позвала она. — Ты где?

Ни ответа, ни привета. Куда его унесло с утра пораньше? Или он с вечера так и не вернулся? — перепугалась Варя. Но постель рядом была смята. Она вдруг так соскучилась по нему! А где мобильник? Наверное, в сумке. Она встала. Ее чемодан был разобран, вещи аккуратно развешены в шкафу. В ванной на раковине лежала записка: «Роднуля, не принимай душ без меня, а то зальешь все на фиг, тут такая идиотская система! Целую миллион раз! Скоро приду!»

Вот чудак, и тут он командует! Она все-таки влезла в ванну, где вместо нормальной занавески была полупрозрачная пластиковая калитка, под которую Стас засунул одно из многочисленных полотенец. На полу тоже лежало большущее купальное полотенце, наполовину мокрое. Сам все залил, а туда же, без меня не мойся, с нежностью подумала Варя. И все-таки включила душ. Но, предупрежденная, действовала с превеликой осторожностью и почти ничего не добавила к наводнению, устроенному Стасом. Потом влезла в гостиничный махровый халат и подошла к окну. Светило солнце. Вид открывался прелестный. И тут она увидела Стаса. Он шел быстро, энергично, в руках небольшой букетик тюльпанов. Хоть на дворе июль, какой же Амстердам без тюльпанов? На Стасе был незнакомый ей белый пуловер. Он вдруг словно споткнулся, поднял глаза, просиял и кинулся в подъезд. Как я люблю его!

— Варежка, родная, как ты?

— Хорошо!

— Я так волновался! Все-таки помылась без меня? Справилась, да?

— Я соскучилась, Стас, совсем без тебя не могу!

— А вчера гнала меня... Ладно, одевайся, пойдем завтракать, а то с голоду помрешь, и в путь! Я хочу, чтобы ты полюбила Амстердам, как я. А потом я познакомлю тебя с одной женщиной...

— С какой еще женщиной?

— Увидишь! Это моя самая любимая женщина во всей Европе!

— Какая-нибудь Саския или Даная?

— Нет, вполне живая женщина...

— Ах да, Стэлла! — вспомнила она.

— Ты ее тоже полюбишь, я убежден. С детства ее обожаю. Она никогда ничего мне не запрещала, не внушала каких-то прописных истин. Мы с ней по-настоящему дружны. Она весьма своеобразная личность... — Он ласково улыбнулся и открыл шкаф. — Варежка, вот, надень. — Он вынул из шкафа пакет.

— Это что?

— Открой пакет, женщина!

Это оказался точно такой же белый пуловер, как у него.

— Амстердамская униформа, что ли? — засмеялась она. Пуловер ей очень нравился и оказался к лицу. — В чем-то белом, без причуд, — глядя в зеркало пробормотала Варя.

Стас встал рядом.

— Недурно смотримся, а?

Она поцеловала его в нос, погладила по голове. Он схватил ее, сжал.

— Стас, я умру с голоду!

— Прости, прости, я мужлан.

— И вообще чудовище. А завтракать надо идти через улицу?

— Представь себе!

Выйти на залитую солнцем набережную было так приятно! Шедшая навстречу пожилая женщина улыбнулась им. И проехавший на велосипеде парень приветственно поднял руку.

— Чего это они? — удивилась Варя.

— Сразу видно, что мы молодожены!

— О, как тут красиво! — воскликнула Варя, войдя в небольшой, обставленный в старинном духе зал, где завтракали постояльцы отеля. — Так и кажется, что сейчас появится Феликс Круль.

— Обалдеть! — блаженно улыбнулся Стас. — Моя жена знает Томаса Манна!

— Похоже, только твоя четвертая жена?

— Это точно! Кстати, к Томасу Манну меня приохотил один из Стэллиных любовников. А вот и Круль!

К ним подошел очень красивый молодой человек и предложил приготовить омлет.

— Два! — немедленно распорядился Стас. — С сыром и петрушкой!

— Я не хочу омлет! — подала голос Варя.

— Ерунда, тебе надо хорошо поесть!

— Здесь еды и без омлета хватит!

— Не спорь, здесь вкусно его готовят, а в крайнем случае я съем два!

Варя хотела было встать и выбрать себе что-то, но Стас распорядился:

— Сиди, я сам все принесу!

Ей не хотелось с ним спорить. Смешной какой, так любит командовать!

— Вот смотри, тут семга, ты же любишь, сыры на выбор, ветчина. И булочки эти просто прелесть! А еще там есть фрукты, но это потом. Я сделаю тебе бутерброд?

— Стас, а ты не думал стать режиссером?

Он удивленно поднял на нее глаза.

— Ты же все время выстраиваешь мизансцены! Командуешь, играешь во что-то. И эти пуловеры...

— Тебе не нравится?

— Я люблю тебя как последняя идиотка, но мне не нравится, когда я не могу сама решить, есть мне омлет или не есть!

Он смотрел на нее с недоумением и детской обидой в глазах.

— Но я же о тебе забочусь... Извини, меня иногда и вправду заносит. Больше не буду, честное слово!

Когда они вышли из гостиницы, подул холодный ветер. Варя поежилась. Наверное, лучше было бы провести эту неделю где-нибудь у теплого моря, мелькнула крамольная мысль. Но Стас тут же, словно фокусник, вытащил из кармана тонкий красный шерстяной шарф и заботливо повязал Варе на шею.

— Так лучше?

— До чего же ты предусмотрительный! — растрогалась она.

— А я с детства усвоил: в Амстердаме теплый шарф — главная вещь!

И действительно, она быстро согрелась.

Они долго бродили вдоль каналов, пили кофе на площади Дамм, Стас рассказывал что-то об истории города, но Варя почти не вслушивалась, она просто наслаждалась звуками его голоса и тем, каким счастливым он выглядит здесь, где никто его не знает, каким раскрепощенным! Ему кто-то позвонил.

— Привет, родная! Да, вот вожу Варежку по городу, она, кажется, в восторге. Скажи, ты с нами пообедаешь? Вот и славно! Безумно хочу тебя видеть! Договорились! Обнимаю! Варежка, тебе привет! Мы попозже зайдем за ней, поглядишь, как живут настоящие голландцы. Зимой ее в ресторан не вытащишь, а сейчас удалось.

— Почему?

— Она курит как паровоз, а в ресторанах тут нигде нельзя курить, летом же можно сидеть на воздухе. Кстати, пока суд да дело, пошли, угощу тебя знаменитой селедкой, а то пока еще доберемся до ресторана. Пошли, пошли, тут недалеко, на Сингле, самая лучшая селедка в Амстердаме, ее продает такой классный старик! Ты, между прочим, знаешь, как надо есть селедку?

Он буквально тащил ее, а она и не сопротивлялась, бесполезно! Есть не хотелось, но не спорить же с ним из-за пустяков! У него так горят глаза, ему так хочется поделиться с ней своей радостью свидания с любимым городом...

— А вот и мой старик! Все на месте, как хорошо! — И он заговорил с продавцом по-голландски.

Старик, оживленно беседуя с ним, разрезал вдоль две белые булки, вложил в каждую по маленькой очищенной селедке, присыпал нарезанным репчатым луком, из громадной, литров на десять, стеклянной банки достал тонкие кружочки маринованных огурцов, добавил к селедке, завернул каждую булку в тонкую бумажку и подал Стасу. Тот вручил одну булку Варе с комичной торжественностью:

— Ешь, любимая!

Селедка с маринованными огурцами? — с сомнением подумала Варя, которая к тому же терпеть не могла есть вот так, на ходу, практически посреди улицы. Но не разочаровывать же любимого мужчину!

— Господи, как вкусно! — простонала она с полным ртом. Селедка была почти не соленая, лук и маринованные сладковатые огурцы придавали ей невероятную пикантность.

Стас отвел Варю в сторонку, вытащил из кармана маленький деревянный бочонок, вроде тех, какими играют в лото, и посыпал чем-то селедку.

— Что это? — удивилась Варя.

— Соль! Ты же знаешь, я все досаливаю, а в Амстердам без своей солонки не езжу.

— Ну ты даешь!

— Только не говори Стэлле, она будет ругаться! Ну, понравилось?

— Не то слово!

— Еще хочешь?

— Нет!

— Уверена?

— На все сто! Ты же завтра опять меня сюда потащишь?

— Это факт, — засмеялся он. — Варежка, мне так хорошо, несмотря на то, что меня душит ревность.

— Ревность? — ахнула Варя. — К кому?

— Ко всем! Ты сейчас такая... все мужики шеи сворачивают!

— Стас, не выдумывай!

— Ничего я не выдумываю, а вон тому типу я набью морду немедленно, вот только селедку доем! Наглая рожа, надо ж как пялится!

— Стас!

— Посмотри сама!

Варя глянула в том направлении, куда указывал Стас. Неподалеку, опершись спиной на перила моста, стоял мужчина и не сводил с нее глаз. Эмми! Вот так встреча!

— Барбара! — шагнул он к ней.

— Ты его знаешь?

— Конечно! И не вздумай лезть в драку! Привет, Эмми! Вот, познакомься, это мой муж, знаменитый русский артист!

— Эммерих Брандт!

— Стас Симбирцев!

Они обменялись рукопожатием и оценивающими взглядами.

— Вы говорите по-немецки? — осведомился Эмми.

— Только по-английски!

Эммерих перешел на английский.

— Поздравляю вас, вам повезло, такая очаровательная жена! Мы с Барбарой давние друзья. Барбара, а как твои успехи на актерском поприще?

— У Барбары замечательные успехи на всех поприщах! — поспешил заверить его Стас и властно положил руку ей на плечо. Эта рука вдруг показалась ей очень тяжелой. Глаза Эмми смеялись.

— А ты как здесь оказался? — спросила Варя.

— Дела, дела! Кстати, третьего дня встретил фрау Анну с Ники, оба отлично выглядят. А вы уже знакомы с семьей Барбары?

— Увы, пока не довелось. Но отсюда мы поедем к ним. Простите, Эммерих, нам надо спешить, нас ждут, — обаятельно улыбнулся Стас, но Варя видела, что он взбешен.

— Не смею задерживать. Счастья тебе, Барбара. — И добавил по-немецки: — Как же мои планы?

— Какие планы?

— Переспать с кинозвездой! Кстати, ты, похоже, и вправду его любишь. Выглядишь потрясающе, со мной никогда так не выглядела. Ну, пока!

— Что он тебе сказал? — Стас больно сжал ей плечо.

— Пожелал счастья с мужем-кинозвездой, — вывернулась Варя.

— Ах скотина! Что у тебя с ним было?

— Ничего.

— Ты с ним спала?

— А даже если?

— Еще раз увижу, придушу!

— Да не спала я с ним, успокойся!

— Варежка, зачем ты так со мной?

— Как? — не поняла она.

— Зачем ты меня дразнишь?

— Даже не думала тебя дразнить. Но ты же должен сам понимать...

— Может, и должен! Но не получается. Как представлю, что тебя обнимает кто-то другой, зверею...

— Стас, милый, это же все было в другой жизни, до тебя.

— Ага, значит, все-таки было!

— О господи! А что же мне прикажешь делать? Вера, Геля, еще невесть сколько баб...

— Это все не в счет! И потом, я же все-таки мужик... Ладно, прости, я ревнивый болван.

Он обнял ее за плечи, и они побрели дальше. Светило и даже пригревало солнце. Стас молчал, только изредка нежно сжимал ей плечи, словно напоминал: я тут и я люблю тебя. Он боялся опять что-то испортить, ей, наверное, сейчас тяжело, этот чертов немец напомнил ей о сыне...

— Стас, надо купить Стэлле цветов.

— Думаешь? — радостно откликнулся он. — Тут рядом есть базарчик...

Варя выбрала прелестные ярко-оранжевые розы.

— Как по-твоему?

— Красиво! Но она засунет их в эмалированный бидон.

— О, это уже ее дело!

— Ты права, ты мудрая, а я мудак!

Варя рассмеялась и чмокнула его в нос.

Я счастлива, сказала она себе и тут же испугалась. Однажды она уже сказала себе эту фразу, и очень скоро все рухнуло. Убили Гюнтера.

— А вот и Стэллин канал, Блёмехрахт.

— Какой у нее номер дома?

— Не помню, двести какой-то.

— Еще далеко!

— Да нет, видишь, дома тут узкие, стоят вплотную, к тому же если в доме две квартиры, то номера тоже два.

В самом деле, скоро Стас воскликнул:

— Вот так она нас ждет!

Навстречу им быстро шла маленькая худенькая женщина с пышной копной плохо прокрашенных, почти седых волос, одетая кое-как, и везла за собой большую сумку на колесах.

— Тетка, родная, здорово! — сграбастал ее Стас. — Вот, знакомься, это моя Варежка.

Женщина внимательно, поверх очков, посмотрела на Варю и широко улыбнулась.

— Привет! Я так много о вас слышала и очень рада видеть! — голос у нее был прокуренный и при всем том в ней сквозило такое женское очарование, что Варя даже охнула. Как бы такое сыграть?

— Ты верна себе! — констатировал Стас, отобрал у нее сумку, достал из кармашка ключи и отпер большую стеклянную дверь.

— Прошу вас, дамы!

Стэлла с волнением ждала этой встречи. Вдруг опять Стас ошибся? Он знакомил ее со всеми своими женами, и ни одна из них ей не нравилась. А эта совсем другая. Обаятельная и глаза испуганные. И Стас так на нее смотрит... На тех никогда так не смотрел...

— Вот гляди, Варежка, настоящий голландский дом! Четыре этажа, на каждом по одной комнате. Пошли, покажу. А на верхнем, самом высоком, я сам смастерил для себя полати, красотища!

— Ну да, ему обязательно нужна нора! Варя, а при вас можно курить?

— Да ради бога!

— Уже хорошо! — улыбнулась Стэлла. — Стас, а ты не мог бы взглянуть, что у меня в комнате с верхним светом? То горит, то не горит...

— Сию минуту, родная. Варежка, я быстро!

Кухня, где сидели Варя и Стэлла, была уютной, вполне современной, светлой. Действительно, розы Стэлла поставила в темно-синий эмалированный бидончик.

— Как красиво! — ахнула Варя. — Лучше любой вазы!

— Ты его вправду любишь? — огорошила ее вопросом Стэлла.

— Умираю от любви, но боюсь... Он такой властный, а при этом ужасно ранимый...

— А бывает просто бешеный.

— Я его таким пока не видела.

— Бог даст и не увидишь... А ничего, что я говорю вам «ты»?

— Мне это только приятно, вроде как признали за свою.

Стэлла опять глянула на нее поверх очков.

— Ты ведь тоже артистка?

— Да. Начинающая...

— Только не позволяй ему лезть в твои дела. А то я его знаю. Он перфекционист, будет диктовать тебе — тут не снимайся, это говно, а там режиссер говнюк...

— Уже, — рассмеялась Варя.

— Что, уже было такое?

— Было!

— И ты подчинилась?

— Но там и вправду был отвратительный сценарий. Стэлла, а расскажите, какой он был в детстве?

— Какой? Живой, подвижный, веселый хулиган, но очень добрый... Вечно таскал домой увечных собак и кошек. Ворону однажды принес с перебитыми крыльями. Марина рассердилась, Илья тоже, а он взял ворону и отправился пешком за пятнадцать километров к колхозному ветеринару...

— Почему пешком?

— Велосипед сломался. Дело было на даче. А он никому ничего не сказал, обиделся, просто забрал ворону и был таков.

— И что ворона?

— Ветеринар сжалился, оставил ее у себя и долго лечил. Стас потом ездил ее навещать. А в тот раз родители чуть с ума не сошли. Шутка ли, пешком тридцать километров отмахать... Это он от обиды... А в восемнадцать лет на него обрушилась если не слава, то по крайней мере известность. Он сыграл солдатика-новобранца в польском фильме о войне и получил приз, не помню уж какой... С этого и пошло...

— Это вы обо мне тут судачите? Родная, я все сделал, свет горит! Ну все, я умираю с голоду, пошли обедать!

— А я еще после селедки сыта! — воскликнула Варя.

— Вы ели селедку на улице? Надеюсь, на Сингле?

— Не волнуйся, родная, конечно, на Сингле.

— И как вы ее ели, хотелось бы знать?

— В булке! — ляпнула Варя.

Стас сделал страшные глаза.

— Ва́рвары! — воскликнула Стэлла. — Кто же ест селедку в булке? Сколько лет я внушаю этому типу...

— Безнадега, родная! Ну, ты готова?

— Сейчас, только сумку соберу! — И Стэлла принялась перекладывать из привезенной сумки-тележки какие-то брикеты в выцветший холщовый мешок.

— Что это? — полюбопытствовала Варя.

— Хлеб, — коротко отозвалась Стэлла.

— Зачем?

— Для птиц.

— Каких птиц? — не поняла Варя.

— А какие по дороге попадутся, — улыбаясь, пояснил Стас. — Утки, лебеди, голуби. Кстати, за голубей нашу Стэллу тут просто преследуют.

— Можешь себе представить, Варя, одна мерзкая старуха-голландка, когда видит, что я кормлю голубей, всякий раз начинает вопить, дескать голуби уже все засрали, что они летающие мешки с дерьмом... Ну, я один раз не выдержала и говорю: между прочим, считается, что голубь — олицетворение Святого Духа. И что ты думаешь? Эта старая задница рассмеялась мне в лицо. Она про это даже не слыхала! А что голуби? Просто птицы, божьи твари. Почему ж она не орет на парней и девок, которые весь Амстердам жвачкой заплевали? Ты обратила внимание, что все тротуары и мостовые в белых кляксах? А это убрать куда труднее, чем птичий помет, между прочим. Ну все, можно идти!

— А я так и не посмотрела дом! — воскликнула Варя.

— Ничего, после обеда вернемся сюда пить чай! — утешила ее Стэлла.

— Тетка, родная, прости меня, скотину, я забыл конфеты в номере! Но ничего, я оставлю Варежку с тобой и быстренько сгоняю после обеда. Вы, по-моему, нашли общий язык?

Стэлла с неподражаемой улыбкой глянула на Варю, та улыбнулась ей, и обе счастливо рассмеялись. Стас обнял и расцеловал обеих.

— Я люблю вас, девушки!

После обеда вернулись к Стэлле. Стас сел на велосипед и поехал в гостиницу за московскими конфетами. Оказывается, у него тут была не только комната с полатями, но и свой велосипед.

— Надо будет тебе тоже купить! — озабоченно сказал он и умчался.

Стэлла показала Варе дом.

— Это же так утомительно все время лазить по лестницам, да еще таким крутым.

— Я привыкла, уже сорок пять лет живу здесь.

— А вас тогда легко выпустили из Союза?

— Не без проблем, но ничего трагического. Мой муж был коммунист, причем весьма активный. А здесь меня взяли в университет, я преподавала русский... Но я затосковала... Закрутила роман с москвичом, моталась к нему при первой же возможности, черт-те что вытворяла... — обворожительно улыбнулась своим воспоминаниям Стэлла.

— А муж терпел?

— Ну, я же не докладывала ему... А потом ничего, привыкла... Стала своих учеников в Союз засылать...

— Как засылать? — не поняла Варя.

— Они там на русских женились и выходили замуж и таким образом вывозили интеллигентных юношей и девушек в свободную страну... Впрочем, это другая история. Некоторых следовало бы не на Запад вывозить, а на Восток или еще лучше на Крайний Север, — лукаво усмехнулась она. — Знаешь, я мужиков только русских признавала... Их тут мало было тогда, я чуть ли не на всех кидалась.

— И наверняка ни один не мог устоять?

— Ну, изредка кому-то удавалось, — прыснула Стэлла.

Господи, до чего же она прелестна, несмотря на возраст и запущенный вид...

— Что мы все обо мне? Расскажи лучше, как ты встретилась со Стасом?

Варя рассказала.

— Буря и натиск... — задумчиво проговорила Стэлла. — И непременно сразу жениться...

— Нет, из женитьбы как раз ничего и не вышло.

— То есть как?

Варя рассказала и об этом. С ума сойти, неужто это было только вчера?

— Ты огорчилась?

— Я не очень, но Стас...

— Могу себе представить! Тебе тяжело с ним?

— Тяжело? Нет, это не то... Просто мне за него все время страшно...

Стэлла опять внимательно посмотрела на нее поверх очков.

— Кажется, на сей раз ему повезло... Знаешь, он мечтает о ребенке... Но ты не спеши! Вам надо притереться друг к другу, вдруг все же ничего не выйдет и останется несчастный актерский ребенок...

— Я сейчас даже думать об этом не могу. Мой сын как-то априори настроен против Стаса, и в такой ситуации просто нельзя...

— Тогда какого черта вы сюда приперлись? Надо ехать к сыну! А кстати, Стас тебя-то спросил, хочешь ты в Амстердам?

— Нет, это был сюрприз.

— Узнаю Стаса! Знаешь, мы с ним большие друзья и ему было важно мое мнение. Но впредь постарайся отучить его от подобных сюрпризов.

— По-моему, это нереально. К тому же приятно. Он такой заботливый...

— А одинаковые свитерочки тоже его идея?

— Ну, конечно!

Тут вернулся Стас.

— Я захватил тебе ветровку, там свежо...

— Ну как его не любить, — шепнула Варя, пока Стас убирал велосипед в подвал.

— Я понимаю, трудно, — шепнула в ответ Стэлла.

— Ну, как вы тут без меня?

— Без тебя, дружок, земля перестала вращаться, звезды померкли, каналы замерзли, сам разве не заметил? — улыбнулась Стэлла.

— То-то я гляжу, голландцы коньки достали! — рассмеялся он. — Вы сидите, девчонки, я сам заварю чай. Родная, ты все еще кипятишь воду в ковшике?

— Я привыкла. Почему-то чайники у меня мгновенно сгорают, даже со свистком, даже электрические, а этот ковшик еще из дома родителей моего коммунистического мужа и целехонек!

— Ну, как тебе моя старушка?

— Я в восторге, но никакая она не старушка, она такая очаровательная женщина! И сразу возникло ощущение, что мы с ней сто лет знакомы, дружны и понимаем друг дружку с полуслова.

— С ума сойти! Чтобы молодая женщина, да еще и актриса, была такой умницей... Мне неслыханно повезло!

И он прямо на набережной стал как безумный целовать ее.

— Стас, не сходи с ума!

— Давно уж сошел! Бежим скорее в отель, бессонную ночь я тебе гарантирую!

С утра Стас пребывал в задумчивости, хмурил брови, изредка, словно бы испытующе, взглядывал на Варю.

— Что с тобой? — не выдержала она.

— Варежка, я что подумал. Может, ну его, махнем сегодня же к твоим, нагрянем внезапно, надо ж в конце концов разрубить этот гордиев узел? Я же понимаю, ты мучаешься. В конце концов, Амстердам от нас никуда не убежит.

Она просияла.

— Стас, ты самый лучший на свете!

— Фу, какая грубая лесть, девушка!

— Может, и вправду, если неожиданно нагрянуть, Никитка не успеет подготовиться, а увидит меня и... Но маму в любом случае надо предупредить, она терпеть не может сюрпризов.

— Маму предупреди. Вот прямо сейчас и звони. Как я и предполагал, поедем на машине, да?

— А ты меня пустишь за руль?

— А куда я денусь? Я и так уж пустил тебя туда, куда раньше никого не пускал...

— Я звоню! Алло, мамочка! Да, у меня все чудесно! Мама, а как Никита?

— Все в порядке. А как прошла свадьба?

— Все расскажу, мамочка, мы сейчас в Амстердаме...

— Дай я поговорю! — потребовал Стас. — Доброе утро, Анна Никитична! Хочу сказать вам... Мы сейчас берем напрокат машину и выезжаем к вам, пора разорвать этот порочный круг. У нас с Варей все всерьез и надолго. У меня просто нет сил смотреть, как она страдает. В конце концов, пусть Никита в глаза мне скажет, что он против меня имеет.

— Погодите, Стас! — решительно перебила его Анна Никитична. — Дело вовсе не в вас, он просто ревнует мать к ее новой жизни.

— Тем более! С этим мы как-нибудь справимся, конечно, совместными усилиями.

— На мою поддержку вы можете рассчитывать!

— Благодарю вас! Так мы выезжаем? Ко всему прочему должен же я наконец познакомиться со своей тещей!

— О да, я тоже горю желанием познакомиться с вами. Но предупреждать Никиту я не буду.

— Именно об этом я и хотел вас просить. Думаю, к вечеру мы появимся у вас.

— Вот и прекрасно!

— Да, Анна Никитична, давно жду возможности поблагодарить вас за такую удивительную дочь!

— Она хорошая девочка, берегите ее, Стас!

— Обещаю вам. До встречи, Анна Никитична. Дать вам Варю?

— Да, на минутку. Варюшка, я так соскучилась, — просто сказала мать. — И уже, кажется, люблю своего зятя.

Варя попрощалась с матерью, отложила телефон.

— А ты крутой парень! В два счета обаял мою достаточно суровую маму.

— Да, я такой!

— Стас, я бы хотела попрощаться со Стэлой.

— Ну, это вряд ли! Она спит до полудня.

— Жаль.

— Мы ей позвоним с дороги. И еще не раз к ней приедем, не огорчайся. Скажи лучше, может, надо купить Никите какой-то подарок?

— Нет, он на подкуп не ведется. Только хуже будет.

— С характером малый?

— Еще с каким!

Они взяли напрокат новенький «фольксваген».

— Надо бросить в канал денежку, чтобы вернуться сюда, — сказала Варя и, размахнувшись, кинула в воду монетку. Стас смотрел на нее с любовью и безотчетным страхом. Что-то должно случиться, что-то плохое, не может же быть все так хорошо. У меня так не бывает. Наверное, она слишком хороша для меня...

Но тут она повернулась к нему, обласкала взглядом. У него екнуло сердце. А может, обойдется, бывает же... Но не у меня...

— Стас, ты чего?

— Ничего, просто залюбовался тобой.

У нее тоже вдруг замерло сердце, стало страшно. Она подошла, ткнулась носом ему в грудь и прошептала:

— Все зависит только от нас с тобой, и не надо ничего бояться.

Он с трудом проглотил подступивший к горлу комок.

Стас вел машину с предельной осторожностью, почему-то он вбил себе в голову, что дурное предчувствие связано с дорогой.

— Стас, ну прибавь скорость, хорошая же дорога, чего так тащиться!

— Я везу огромную ценность, тут нельзя спешить, — засмеялся он. — К тому же сто километров вполне хорошая скорость.

— Но на автобане можно и больше.

— Тише едешь, дальше будешь.

Это совсем на него не похоже. Он боится, что мы разобьемся? У него утром было такое лицо... Странно, со мной никогда еще такого не бывало, я читаю все его мысли, а он мои... Мы как будто на необитаемом острове сейчас. Нет, он потому и боится, что наш остров слишком обитаем, боится за нашу любовь, и я тоже боюсь... Но ведь сам этот страх может все погубить...

— Стас, останови машину!

— Что такое? Пи́сать захотелось?

— Нет. Стас, родной мой, я хочу сказать — не надо ничего бояться!

— Чего бояться? — нахмурился он.

— Я же вижу, тебе страшно, мне тоже, а это плохо, очень плохо. Мы оба боимся за нашу любовь, да? А если бояться, обязательно что-то плохое случится.

— Варежка, ты... — Он повернулся к ней, в глазах у него стояли слезы. И вдруг он уронил голову на руки, лежавшие на руле, и разрыдался. Ох, он может мне этого потом не простить, он же мачо...

— Вот хорошо, — она погладила его по плечу, — умница, поплачь, это так здорово, когда сильный мужик не боится плакать! Это и есть настоящее мужество и за это я тебя особенно люблю.

— Варька, ты охренительно умная баба! — засмеялся он, кулаком утирая слезы.

— Нет, просто охренительно тебя люблю. К тому же это было так сексуально...

— Так, девушка, не приставайте к мужчинам на дороге! Нам же надо сегодня попасть в твой богом забытый городок. Ну, держись!

Стас открыл окно и полетел с такой скоростью, что ветер свистел в ушах!

— Я люблю Варежку! — время от времени орал он в открытое окно.

— Я люблю Стаса! — вторила она ему.

— Ура!

— Банзай!

Варька, из тебя вышел бы отличный психотерапевт, сказала она себе.

Ближе к вечеру Стас пустил ее за руль. И тут наконец ей удалось продемонстрировать ему еще один свой талант.

— Обалдеть! — только и смог выговорить Стас, когда Варя на огромной скорости виртуозно вписалась в очень сложный поворот на горной дороге. — Не знаю как плачущий мужик, но красивая баба за рулем на такой скорости, это чудовищно сексуально! Предлагаю заночевать в каком-нибудь мотеле или?

— Или!

До места они добрались уже ночью.

— Твои, небось, уже спят?

— Да нет, мама не спит, ждет. Вон видишь, окна светятся, мама на кухне, ждет нас с ужином.

Действительно, навстречу им уже спешила Анна Никитична.

— Приехали? Молодцы!

— Мамочка, это он!

— О, я думала, вы меньше ростом. С приездом, Стас!

Варя расцеловалась с матерью, Стас церемонно приложился к ручке Анны Никитичны.

— Голодные, небось?

— Не то слово, — улыбнулся Стас.

— Идемте скорее ужинать.

— А можно руки помыть с дороги?

— Варюш, проводи мужа!

— Какой уютный дом, — заметил Стас. — Слушай, а если я быстренько приму душ?

— Даю пять минут.

— Принеси мне чистое белье, будь добра.

— Зачем? Надень вот халат и приходи.

— С ума сошла? Это же неприлично.

Варя принесла ему белье.

— Мамочка, он примет душ...

— Варюшка, ты так похорошела... Впрочем, неудивительно. Он в жизни еще лучше, чем в кино. Поздравляю!

— Мамочка, я тебя очень прошу, не расспрашивай при нем о свадьбе.

— А что случилось? — побледнела Анна Никитична.

Варя быстрым шепотом все объяснила.

— Он что, суеверный?

— Очень. И очень ранимый.

— Ох, как ты его любишь... — покачала головой Анна Никитична.

Варя беспомощно развела руками.

Тут появился Стас.

— Как вкусно пахнет! Ох, мы же привезли вам голландскую селедку, сейчас принесу!

— Варь, тебе тоже не мешало бы душ принять. Вы что, миловались на горной дороге?

— Мама! — залилась краской Варя.

— У тебя вид совершенно недвусмысленный. Живо в душ!

Вернулся Стас.

— Вот, Анна Никитична, держите! Я даже не думал, что у меня такая красивая теща.

— А вы полагали, что я уже старая грымза? — засмеялась Анна Никитична, чрезвычайно довольная комплиментом.

— Боже упаси! А где Варежка?

— Я погнала ее в душ. Стас, почему вы говорите шепотом? Боитесь разбудить Никиту?

— Конечно.

— Да его пушками не разбудишь.

— А как вы думаете, если я утром сам его разбужу и поговорю с ним серьезно, по-мужски, объясню, что нельзя так терзать маму, а? Пусть сразу, как глаза продерет, увидит не ее, а меня?

— Да, пожалуй... Только Варе не говорите, она начнет верещать.

— А когда он просыпается?

— Обычно в семь утра.

— Вот и отлично!

— А вы сами проснетесь?

— А как же! Я всегда просыпаюсь тогда, когда нужно, — обезоруживающе улыбнулся Стас.

Утром Стас тихонько встал и пошел на второй этаж. На часах было без пяти семь. Он приоткрыл дверь детской, заглянул. Никита спал на боку, лицом к стене. Рядом с кроватью стояло кресло. Он сел. Мальчик не пошевелился. Стас опять глянул на часы. Ровно семь. Он протянул руку и слегка потрепал мальчика по плечу. Тот дернулся, повернулся на другой бок, открыл глаза и вскрикнул:

— Ой, вы кто?

— Стас Симбирцев, тот самый, которого ты ненавидишь. Правда, не знаю пока за что. Вот и пришел разобраться.

— Я по-русску не понимай.

— Врешь, парень, все ты понимаешь. И давай-ка поговорим по-мужски.

Никита хотел что-то сказать, но Стас сразу перебил его.

— Давай сначала я скажу, а уж потом ты. Просто по старшинству.

— А мама где? Она приехала?

— Мама еще спит, мы ночью приехали.

Никита во все глаза смотрел на взрослого здоровенного дядьку, который отнял у него маму. И что мама в нем нашла?

— Так вот что я хотел тебе сказать, брат. Ты очень везучий парень. У тебя изумительная мама. Добрая, умная, красивая и здорово талантливая. К тому же обожает своего сыночка. А сыночек что? Сыночек ее мучает.

— Все вы врете!

— Что это я вру?

— Она меня не любит, она меня бросила, и это вы виноваты!

— Давай разбираться, кто в чем виноват. Ты чего хочешь? Чтобы все было как раньше, правильно?

— Правильно!

— Ты, выходит, раньше был счастлив, так?

— Так!

— А теперь ты самый несчастный?

— Да!

— И ты хочешь, чтобы мама, добрая, любящая и, я уверен, очень любимая мама была несчастной всю оставшуюся жизнь?

— Почему это она будет несчастная? Из-за вас?

— Ну, в какой-то степени и из-за меня, потому что она меня любит, но, главное, мама актриса, причем очень талантливая, играть в кино и в театре она мечтала с детства, но ей сперва не повезло, и она смирилась с этим и научилась жить по-другому, встретила твоего папу, родила тебя. Но потом случилась беда, погиб твой папа, она осталась одна, с тобой малюсеньким на руках, и нашла в себе силы освоить новую профессию. Но талант ведь никуда не делся... И вдруг Фортуна ей улыбнулась. Ты, кстати, в курсе, кто такая Фортуна?

— Богиня судьбы, с колесом.

— Молодец, брат! Так вот, Фортуна вдруг улыбнулась маме, ее пригласили в кино, потом в театр, мечта начала сбываться. Так что же, маме надо все бросить и вернуться сюда, чтобы ты был доволен?

Никита молчал.

— А тут еще и мне Фортуна улыбнулась. Я встретил твою маму и полюбил буквально с первого взгляда. И она меня полюбила. Ты подрастешь немного и поймешь, что любовь к взрослому мужчине совершенно не мешает нормальной женщине любить своего сына.

— Я понимаю, это секс.

— Господи помилуй! — воскликнул Стас.

— Но у мамы уже был секс с Эмми, и он ничему не мешал, а вы...

— Фу, парень, как нехорошо!

— Что нехорошо?

— Знаешь, кто ты теперь? Доносчик — собачий извозчик.

Никита вспыхнул.

— Запомни: настоящий мужчина никогда, ни при каких обстоятельствах, не смеет говорить такие вещи о женщине, тем более о матери. К тому же ты вряд ли понимаешь разницу между любовью и сексом.

— Вы что, учить меня будете? Может, еще и пороть?

— Пороть? Нет, я тебя пороть просто права не имею, как бы мне иной раз этого ни хотелось, — рассмеялся Стас. — А вот на словах поучить тебя уму-разуму — милое дело. Пойми, чудила, ты уже маму запугал совсем...

— Никого я не запугивал, а если вы и ваше дурацкое кино ей дороже, чем я, то пусть! У меня есть бабушка, и мы даже очень прекрасно обойдемся!

— Ты все сказал?

— Да!

— А мне еще охота поговорить. Кстати, «очень прекрасно» говорить нельзя, неграмотно, но это так, между прочим. Ты, Никита, парень умный, надеюсь, поймешь. Жизнь такая штука... Вот представь себе: мама все бросила, вернулась к тебе, ты доволен, все у тебя хорошо. Но лет через десять ты будешь взрослым, слиняешь отсюда, у тебя начнется своя взрослая жизнь, любовь, секс и так далее, а мама? Останется одна, еще не старая, но уже и не такая молодая, чтобы начать карьеру, то есть кругом несчастная... И виноват будешь ты! Твои капризы, твой эгоизм...

— А с вами она будет счастливая?

— Хотелось бы надеяться. Но в любом случае это будет ее собственный выбор. Понимаешь, для человека самое главное самому сделать свой выбор, чтобы потом некого было винить. Ты же мужчина, подумай о маме. А я тебе не нравлюсь, что ж, ты меня редко будешь видеть, я очень-очень занят, и у меня свой принцип — никогда и никому не навязываться. Хотя честно скажу — я бы хотел иметь такого сына, как ты. Ну вот, кажется, я все сказал, а ты давай, думай!

И Стас вышел из детской. У него было ощущение, что он в одиночку разгрузил вагон бревен.

— Фу ты, ну ты!

Варя еще спала, он не стал ее будить и отправился на кухню.

— С добрым утром, Стас. Поговорили?

— С добрым утром, Анна Никитична. Поговорил, семь потов сошло!

— Хотите сок? Или кофе? Завтрак будет минут через сорок.

— Если можно, кофе.

— Ну так что?

— Может, я самонадеянный болван, но мне показалось, что он меня по крайней мере услышал. — И Стас передал теще свой разговор с Никитой.

— Ну дай Бог!

Сверху донесся восторженный визг:

— Мама! Мамочка моя! Приехала!

Стас и Анна Никитична переглянулись.

— Кажется, помогло!

Сказать, что Никита признал Стаса, было бы безбожным преувеличением, он его попросту не замечал, но зато был нежен с Варей, а это уже большой прогресс, так считали все взрослые в доме. Варя сияла. А Стаса точила ревность. Идиотская бессмысленная ревность. Она меня обманула, уверяла, что у нее ничего не было с тем типом, а мальчишка проболтался. Зачем она соврала? А вот чтобы ты, кретин, не терзался, как сейчас. Ты же знал, что она взрослая женщина, вдова, что до тебя у нее была своя жизнь, и очень странно было бы, если б у такой восхитительной, такой желанной женщины не было бы мужика... Я все понимаю, но как болит сердце. Да нет, дело не в мужике, просто она способна соврать и соврать убедительно... А он красивый, в сто раз красивее тебя... Но она же тебя любит, черт, как избавиться от этого гложущего червя? Напиться, что ли? Нет, только не здесь, при ее сыне и матери... Надо просто поговорить с ней, объясниться, вернее объяснить, что я такой ревнивый болван, что мучаюсь несказанно... Стоп! А что, собственно, случилось? Восьмилетний пацан сболтнул про секс с Эмми. Он-то откуда может это знать? И почему я безоговорочно поверил парню, который меня терпеть не может, а не Варежке, которая так меня любит? Потому что сам до нее никого не любил и меня никто так не любил. Идиот, дурная башка, тебе привалило счастье, так какого черта ты сам пытаешься все испортить?

В задумчивости он не услышал, как сзади подошла Варя. Обняла его, прижалась губами к уху и прошептала:

— Ты чудо, спасибо тебе...

— Иди сюда, сядь, — он усадил ее себе на колени. — Варежка, прости, но мне хреново...

— Что такое?

— Зачем ты мне соврала?

— Что я соврала?

— Что не спала с тем типом.

— С каким типом?

— С Эмми.

— Стас, я спала с ним, но я тогда даже не слышала о существовании Стаса Симбирцева. Поэтому твои мучения чистой воды дурь. Для меня не существует мужчин, кроме тебя, но это теперь...

— Он красивый.

— Для меня самый красивый ты, хотя у тебя столько дури в башке и морда колхозная, как выражается одна моя знакомая.

— Лизаня, что ли? — засмеялся он.

— А ты откуда знаешь?

— Она мне как-то сказала: Стас, вот гляжу на тебя, морда как есть колхозная...

— А ты что?

— А я ничего, ведь дальше она сказала, что я мегаталантливый и мегаобаятельный.

— И ты растаял?

— Естественно!

Стасу вдруг стало легко и хорошо. Варежка не начала упорствовать в своей лжи, призналась, и ей тоже явно полегчало. Как здорово!

— Знаешь, мама от тебя в полном восторге.

— Я от нее тоже. Умная, красивая, сильная, отлично готовит. О такой теще можно только мечтать.

У него в кармане зазвонил телефон.

— Алло, мама? Что случилось? Что у тебя с голосом?

— Сташек, милый, ты где сейчас? Я звонила Стэлле, она сказала, вы уехали.

— Мама, говори толком, что стряслось, я же слышу, какой у тебя голос.

— Сташек, милый, папа меня бросил!

— Как бросил? — ошалело спросил Стас.

— Очень просто, ушел к молоденькой. Сташек, умоляю, возвращайся, ты мне нужен, я совсем одна, мне так плохо! Тридцать восемь лет вместе, и вдруг... у меня в голове не укладывается... Сташек, я все понимаю, у вас медовый месяц, но твоя Варя хорошая девочка, она должна понять... У меня же никого нет, кроме тебя, мне так одиноко, так тяжело...

— Мама, погоди, мамочка, я не могу понять...

— Сташек, мне жить не хочется.

— Хорошо, мама, я прилечу, но не уверен, что получится прямо сегодня, надо же поменять билет, потерпи хоть до завтра, я попробую. Все, мамочка, я приеду, жди!

Он отключил телефон и тихо выругался.

— Что случилось? — испуганно спросила Варя.

— Хрен знает что! Отец бросил маму!

— Быть не может!

— Ушел к молодой, старый козел!

— Ничего себе!

— Мне придется лететь, она в жуткой истерике, как бы глупостей не наделала...

На террасу вышла Анна Никитична.

— Что такое, ребята?

Варя объяснила матери, в чем дело.

— Стас, я полечу с тобой!

— Нет! Не надо вам туда лететь! — решительно заявила Анна Никитична. — Пусть лучше ваша мама прилетит сюда.

— Сюда?

— Конечно! Здесь ее никто не знает, никто не будет смотреть на нее с жалостью или злорадством, а красивые места, чистый воздух пойдут вашей маме на пользу.

— Но ведь мы скоро уедем!

— И прекрасно! Уезжайте, а я о ней позабочусь. Мы люди одного поколения, найдем общий язык. Поверьте, это лучше, чем сидеть в Москве, в квартире, где столько пережито, и ловить на себе сочувствующие взгляды.

— Стас, мама права! Марине Георгиевне здесь будет лучше. Ей волей-неволей придется держать себя в руках, и это ей поможет. Первые три дня мы с ней побудем, она освоится, ну а не захочет, увезем ее обратно, в любом случае такая встряска пойдет ей на пользу. Звони, не теряй время!

— Стас, а виза-то у вашей мамы есть? — вспомнила Анна Никитична.

— Кажется, есть. Да, точно, отец не так давно сделал им обоим мультивизу. Тогда я сразу попробую найти ей билет. Спасибо, Анна Никитична, но как отец мог...

— Стас, скорее звоните маме!

Марина Георгиевна несказанно удивилась.

— Сташек, нет, это немыслимо! Чужие люди... Я не выдержу. Я, конечно, понимаю, прервать медовый месяц из-за старой матери... Но у тебя это уже четвертый медовый месяц, а я всю жизнь угробила на этого негодяя. И, главное, такое впечатление, что вся Москва уже в курсе...

— Вот именно поэтому тебе лучше прилететь сюда. Понравится — останешься, нет — улетишь с нами. Хочешь, сниму тебе номер в гостинице?

— Пожалуй, такой вариант меня бы устроил... Побуду с вами и улечу.

— Хорошо, билет я уже заказал, вылетаешь завтра рано утром, виза у тебя ведь есть?

— Есть, твой папаша, сволочь такая, сделал...

— Вот и отлично. А мы с Варежкой тебя встретим.

— Сташек, а ты не мог бы встретить меня один?

— Без проблем, встречу один.

— Спасибо тебе, сын!

— Это не мне спасибо, а Варежкиной маме. Я уверен, вы подружитесь.

— Сташек, тебе хорошо с ней?

— Очень, мама, очень!

— Ох, хоть бы ты был уже счастлив, мой маленький, — всхлипнула Марина Георгиевна.

Господи, как отец мог?

Стас ужаснулся, увидев мать в аэропорту. Она постарела в одночасье. На их так называемой свадьбе это была моложавая, подтянутая, интересная женщина, а теперь... Комок подступил к горлу.

— Сташек, ты чудесно выглядишь, отдохнул немножко? Только не спрашивай меня ни о чем! Я перевернула эту страницу, бог с ним, пусть живет как хочет...

— Правильно, мамочка! Сейчас поедем в гостиницу, а потом Анна Никитична ждет нас к обеду.

— Сташек!

— Мама, но это же только естественно, чтобы ты познакомилась со своей... Черт, никогда не помню, как это называется...

— Сватья, это называется сватья.

— Хорошо, сватья так сватья. Мамуля, чем больше ты будешь на людях, тем лучше. Не надо упиваться своим горем.

— Стас, что ты такое говоришь! А что это за машина?

— Варежкина.

— А почему она не приехала меня встретить?

— Но ты же сама просила, чтобы я приехал один!

— Да, но все же как-то...

— Мама, не начинай!

— Все-все! Молчу!

— Кстати, номер удалось снять только на сутки.

— Как?

— Лето, мамочка, сезон. Но тебе уже приготовлена чудная уютная комната с видом на горы. Если б ты знала, чего мне стоило достать билет...

— Сташек, но я же...

— Мама, все нормально, и это просто здорово, что ты будешь жить в этом доме. Там хорошо...

— Ну что же делать... — тяжело вздохнула Марина Георгиевна.

— Жить, мамочка! Что же еще?

— Сташек, а может, в Москве вы с Варежкой переберетесь ко мне? Зачем вам снимать квартиру?

— Мы подумаем.

Не хочет, поняла Марина Георгиевна. Этот кот всегда гуляет сам по себе. И ему очень быстро надоест быть внимательным и нежным сыном.

— А вот и твоя гостиница! — объявил он. — Ой, смотри, Варежка!

В самом деле, у дверей гостиницы их ждала Варя.

— Как она похорошела, — с какой-то даже обидой проговорила Марина Георгиевна. Зачем я согласилась приехать сюда, только испорчу им медовый месяц и сама буду страдать, глядя на их счастье...

— Марина Георгиевна, добро пожаловать!

— Здравствуй, деточка.

— Как долетели?

— Нормально.

— Вот и хорошо! Здесь такой воздух... — Варя не очень понимала, что надо говорить. — К сожалению, с гостиницей так получилось, но, я думаю, вы оставьте то, что вам может понадобиться в эти сутки, а остальное мы сразу заберем, и завтра Стас просто зайдет за вами...

— Да, это разумно. А может, кто-то еще не приедет, бывает же так...

— Вам у нас понравится.

— Молодец, что пришла, — шепнул Стас.

— Очень тяжело?

— Очень.

— Что вы там шепчетесь? — насторожилась Марина Георгиевна. — Я ужасно выгляжу, да?

— Мама, не выдумывай!

— Я хочу принять душ с дороги, привести себя в порядок...

— Сколько времени тебе нужно?

— Час, не меньше.

— Хорошо, мы подождем тебя в саду, выпьем кофе, а ты, как будешь готова, спускайся.

— Марина Георгиевна, а может, вы тоже хотите кофе? Я вам закажу в номер?

— Спасибо, не стоит. Я мечтаю о душе, идите уже!

— Как мне ее жалко! — прошептала Варя.

— Да, папаша отколол номер. Сволочь!

— Стас, а может, там любовь?

— Да какая любовь!

— Но ведь бывает же и в таком возрасте.

— Бывает... Но я все равно не желаю с ним знаться. И всегда буду на маминой стороне. Впрочем, он пока тоже не спешит поставить меня в известность.

Как ни странно это было Стасу, но обе матери понравились друг другу.

— Самобытная женщина, — сказала о сватье Марина Георгиевна, когда поздно вечером Стас провожал ее в гостиницу. — И мальчонка хорошенький такой, только тебя еще дичится.

— Не беда, обвыкнется. А ты, мама, героиня, держишься молодцом.

— Кто это придумал — привезти меня сюда?

— Анна Никитична.

— Так я и подумала.

— Ну что, мамочка, утром я за тобой зайду.

— Знаешь, Сташек, меня это уже не пугает.

— Так, может, поживешь здесь какое-то время?

— Пожалуй, мне и вправду тут легче.

Когда Стас с матерью ушли, Анна Никитична сказала дочери:

— Варюш, постарайтесь со Стасом поменьше миловаться при Марине. Она же страдает.

— Мама! — испугалась Варя. — О чем ты?

— Да от вас ведь током бьет, искры летят, все норовите мимоходом коснуться друг друга, чмокнуть невзначай, мне-то на вас смотреть в радость, а ей, небось, больно. Ей же сейчас кажется, что ее жизнь кончилась. Она хорошая баба...

— Мам, а как тебе в голову пришло ее сюда пригласить?

— Материнский инстинкт.

— То есть?

— Ну, она же твоя свекровь, надо мне с ней подружиться, да и жалко мне ее. Ну что ты сияешь, дурочка? Любишь его?

— Ой, мамочка!

— Да, в нем есть... Только с ним надо осторожненько, бережно, ранимый очень. И в постели тебе с ним хорошо? Хотя можешь не отвечать, и так все по мордашке видно. Дай вам Бог, мне он очень нравится. И вот что, через годик роди ему ребенка, это нужно, он будет хорошим отцом...

— Мы пока не думали об этом.

— Ты не думала, а он думает.

— Он тебе что-то сказал?

— Нет, но я вижу...

По прошествии двух дней Марина Георгиевна заявила сыну, что останется здесь еще недельки на две.

— Анюта верно говорит, что я должна заняться собой. И Варежка устроила мне курс процедур в спа-салоне с массой всяких скидок, спасибо ей...

— Ты умница, мама. Живи здесь пока живется. О деньгах не беспокойся, я позабочусь.

— Ты не думай и скажи Варе, я буду помогать Анюте и с уборкой, и в саду...

В последний вечер перед отъездом Вари и Стаса все собрались за столом, Анна Никитична испекла фантастический пирог с вишнями. Было очень уютно. Никита вдруг спросил:

— Мама, а ты возьмешь меня на съемки?

— Конечно, только не сейчас, я ведь пока не снимаюсь. Но потом непременно возьму.

— А вы? — вдруг обратился он к Стасу, впервые после того утреннего разговора.

— И я возьму, почему бы нет, — пожал плечами Стас. — Вот приедешь к нам...

— А когда?

— На Рождество. Раньше вряд ли получится, а в конце декабря у меня будут очень клевые съемки, тебе понравится, я там должен буду прыгать с крыши поезда на лошадь.

— Сами будете прыгать?

— Я всегда делаю трюки сам.

Варя похолодела.

— А зачем? Есть же каскадеры? — спросил Никита.

— Да, по-моему, это нечестно — выглядеть героем, когда за тебя геройствует кто-то другой.

Никита был удовлетворен ответом, а обе сватьи переглянулись и покачали головами с неприкрытым осуждением.

— Мама, а ты?

— Что я?

— Ты тоже все сама делаешь?

— К женщинам это не относится, — поспешил заявить Стас.

— Да Пирогов и не допустит, чтобы его звезда так рисковала, — заметила Марина Георгиевна.

— Кто такой Пирогов? — вдруг страшно побледнела Анна Никитична.

— Денежный мешок, который спонсирует следующий фильм Шилевича.

Варя в ужасе толкнула Стаса ногой под столом.

— Помяни черта к ночи, — проворчал Стас. — Но Варежка не будет у него сниматься, я не хочу!

— А как его зовут, этого Пирогова? — осведомилась Анна Никитична.

— А черт его знает, кажется, Михаил Николаевич, — сказал Стас.

— Ничего подобного, его зовут Иван Константинович. Я с ним знакома очень давно, — заявила Марина Георгиевна.

— Мама, тебе плохо? — воскликнула Варя.

— Да ерунда, вишенка очень кислая попалась.

— Он, кстати, очаровательный человек и очень интересный мужчина, с превосходным вкусом, видели бы вы его коллекцию картин! Правда, жена у него...

— Мама, какое нам дело до его жены? — попытался спасти положение Стас.

Анна Никитична с подозрением взглянула на дочь, потом на зятя.

— Нет, просто странно, когда такой человек женится на хорошенькой дурочке. Правда, дочка у них — куколка, такая красоточка.

— А вы откуда их знаете? — полюбопытствовала Анна Никитична.

— А Илья... он имел с ним какие-то дела, мы у них не раз бывали...

— И он собирается спонсировать следующий фильм Шилевича, так?

— Ну да, а что тут такого?

— И в этом фильме должна сниматься моя дочь? — голос Анны Никитичны странно звенел.

— Да, я буду там сниматься! — вдруг заявила Варя.

— Нет, ты не будешь сниматься, — резко возразил Стас. — Я этого не хочу!

— Но вы же сами говорили, что человек должен сам делать свой выбор! — вдруг подал голос Никита. — Разве вы можете решать за маму?

Стасу нечем было крыть. Он разозлился, закусил губу.

— Какая прелесть! — всплеснула руками Марина Георгиевна. — Варюша, какой у тебя защитник вырос!

Варя сидела ни жива ни мертва. И дернул же черт ее свекровь за язык. Ситуацию спасла Анна Никитична.

— Да черт с ним, с этим спонсором, разберетесь! Стас, скажите лучше, продолжение «Разведчика» будет?

— Да нет, ну разве что они возьмут другого актера. Я не желаю сниматься в полной туфте. Первая часть была хороша...

— В том-то и дело!

— Но тот сценарист умер, а сценарий продолжения просто никуда не годится, я как прочитал, сразу заявил — я в этом участвовать не намерен, позору не оберешься! На меня, как водится, давили, но это бесполезно. И деньги сумасшедшие сулили, но я встал насмерть.

— Ну, кому же нужно это продолжение без вас, — пожала плечами Анна Никитична. — И кто еще рискнет соревноваться с вами?

— О, желающих нашлась бы тьма!

Варя пошла наверх укладывать Никиту.

— Мама, ты ему не подчиняйся!

— Ты о чем, Ник?

— А он сказал, что не хочет, чтобы ты снималась.

— Ничего, разберемся, — она подмигнула сыну, — а решать все равно буду я!

Артистка, блин!

Продолжение следует.

Литературно-художественное издание

Екатерина Николаевна Вильмонт

АРТИСТКА, БЛИН!

Ответственный редактор *И.Н. Архарова*
Технический редактор *Т.П. Тимошина*
Корректор *И.Н. Мокина*
Компьютерная верстка *И.В. Михайловой*

ООО «Издательство АСТ»
141100, РФ, Московская обл., г. Щелково, ул. Заречная, д. 96

ООО «Издательство Астрель»
129085, г. Москва, пр-д Ольминского, д.3а

Вся информация о книгах и авторах
Идательской группы «АСТ» на сайте:
www.ast.ru

По вопросам оптовой покупки книг
Издательской группы «АСТ» обращаться по адресу:
г. Москва, Звездный бульвар, 21 (7 этаж)
Тел.: 615-01-01, 232-17-16

Заказ по почте:
123022, Москва, а/я 71, «Книга – почтой»,
или на сайте shop.avanta.ru

Типография ООО «Полиграфиздат»
144003, г. Электросталь, Московская область,
ул. Тевосяна, д. 25

РЕГИОНЫ:

- г. Архангельск, ул. Садовая, д.18, т. (8182) 64-00-95
- г. Астрахань, ул. Чернышевского, д. 5а, т. (8512) 44-04-08
- г. Белгород, Народный б-р, д. 82, ТЦ "Пассаж", 1 этаж, т. (4722) 32-53-26
- г. Владимир, ул. Дворянская, д. 10, т. (4922) 42-06-59
- г. Волгоград, ул. Мира, д. 11, т. (8442) 33-13-19
- г. Воронеж, пр-кт Революции, д. 58 ТЦ ,"Утюжок", т. (4732) 51-28-94
- г. Иваново, ул. 8 Марта, д. 32, ТРЦ "Серебряный город", 3 этаж, т. (4932) 93-11-11 доб. 20-03
- г. Ижевск, ул. Автозаводская, д. 3а, ТРЦ "Столица", 2 этаж, т. (3412) 90-38-31
- г. Екатеринбург, ул. 8 марта, д. 46, ТРЦ «ГРИНВИЧ», 3 этаж
- г. Калининград, ул. Карла Маркса, д. 18., т. (4012) 71-85-64
- г. Краснодар, ул. Головатого, д. 313, ТЦ "Галерея", 2 этаж, т. (861) 278-80-62
- г. Красноярск, пр-т Мира, д. 91, ТЦ "Атлас", 1, 2 этаж, т. (391) 211-39-37
- г. Курск, ул. Ленина, д. 31, ТРЦ "Пушкинский", 4 этаж, т. (4712) 73-45-30
- г. Курск, ул. Ленина, д. 11, т. (4712) 70-18-42
- г. Липецк, угол Коммунальная пл., д. 3 и ул. Первомайская д. 57, т. (4742) 22-27-16
- г. Орел, ул. Ленина, д. 37, т. (4862) 76-47-20
- г. Оренбург, ул. Туркестанская, д. 31, т. (3532) 31-48-06
- г. Пенза, ул. Московская, д. 83, ТЦ "Пассаж", 2 этаж, т. (8412) 20-80-35
- г. Пермь, ул.Революции, д. 13, 3 этаж, т. (342) 0238-69-72
- г. Ростов-на-Дону, г. Аксай, Новочеркасское ш., д. 33, ТЦ "Мега", 1 этаж, т. (863) 265-83-34
- г. Рязань, Первомайский пр-т, д. 70, к. 1, ТЦ "Виктория Плаза", 4 этаж, т. (4912) 95-72-11
- г. С.-Петербург, ул. 1-ая Красноармейская, д.15, ТЦ "Измайловский", 1 этаж, т. (812) 325-09-30
- г. Ставрополь, пр. Карла Маркса, д. 98, т. (8652) 26-16-87
- г. Тверь, ул. Советская, д. 7, т. (4822) 34-37-48
- г. Тольятти, ул. Ленинградская, д. 55, т. (8482) 28-37-68
- г. Тула, ул. Первомайская, д. 12, т. (4872) 31-09-22
- г. Тула, пр. Ленина, д. 18, т. (4872) 36-29-22
- г. Тюмень, ул. М.Горького, д. 44 ТРЦ "Гудвин", 2 этаж, т. (3452) 790-513
- г. Уфа, пр. Октября, д. 34, ТРК "Семья", 2 этаж, т. (3472) 293-62-88
- г. Чебоксары, ул. Калинина, д.105а, ТЦ "Мега Молл", 0 этаж, т. (8352) 28-12-59
- г. Челябинск, пр-т Ленина д. 68, т. (351) 263-22-55
- г. Череповец, Советский пр-т, д. 88, т. (8202) 20-21-22
- г. Ярославль, ул. Первомайская, д. 29/18 , т. (4852) 72-89-20
- г. Ярославль, ул. Свободы, д. 12, т. (4852) 72-86-61

Широкий ассортимент электронных и аудиокниг
ИГ АСТ Вы можете найти на сайте www.elkniga.ru

Заказывайте книги почтой в любом уголке России
123022, Москва, а/я 71 «Книги – почтой»
или на сайте: shop.avanta.ru

Курьерская доставка по Москве и ближайшему Подмосковью:
Тел/факс: +7(495)259-60-44, 259-41-71

Приобретайте в Интернете на сайте: www.ozon.ru

Издательская группа АСТ www.ast.ru
129085, Москва, Звездный бульвар, д. 21, 7-й этаж
Информация по оптовым закупкам: (495) 615-01-01, факс 615-51-10
E-mail: zakaz@ast.ru